마음 활짝

- 의미 있는 작품을 많이 남긴 스님의 경우, 한 편이 아닌 여러 편의 선시를 함께 소개했습니다.

- 작품의 이해를 돕기 위해 같은 스님의 약력이 중복으로 들어가더라도 생략하지 않고 선시 하단에 첨부하였습니다.

마음 활짝

주경 지음

지금 이 순간을 꽃피우는 선시 에세이

옛 고승들이 전하는 따뜻한 위로!

삶에 해답은 없지만 현답은 있습니다.

마음의숲

마음에게 전하는 따뜻한 깨달음

'시詩'라는 한자는 '말씀 언言'과 '절 사寺'자가 결합된 단어입니다. 곧 절에서 하는 말이 시라는 것입니다. 경전을 보면 부처님께서는 가르침의 끝을 종종 시로 정리하곤 하셨습니다. 선사스님들도 법문을 할 때 게송을 외우곤 합니다. 낭랑한 음성으로 게송을 외우고 그 뜻을 풀어주는 선사스님의 법문은 내용의 이해를 떠나서 그 자체로 멋진 광경입니다. 꼭 법문이 아니더라도 몸과 마음이 세속을 떠난 사람들이 산사에서 나누는 말들이 시가 아니면 무엇이겠습니까. 이렇게 불교는 시와 떼려야 뗄 수 없는 깊은 관계를 가지고 있습니다.

출가한 지 얼마 지나지 않아 염불과 경문을 배울 때, 한문게송들을 외우며 그 뜻을 생각하다보면 가슴이 뭉클해질 때가 한두 번이 아니었습니다. 염불곡조가 종일 입에서 떠나지 않았고, 그 의미가 머릿속에서 계속 생각났으며, 가슴은 한없이 촉촉하고 부드러웠습니다. 선시를 몇 편 골라 그 뜻을 다시 정리하다보니, 그 염불과 경문의 게송들이 다 선시이고 선시가 게송이며 염불인 것을 새삼 느낍니다.

가을이 익어가는 이 시절 문득 당나라 때 이름 없는 시인이 남긴 시 한 구가 생각납니다.

山僧不解數甲子　　산승불해수갑자
一葉落知天下秋　　일엽낙지천하추

산승은 세월 가는 것에 무심하여도
한 잎 떨어지는 낙엽으로 온 세상에 가을이 온 줄 안다네

이와 느낌이 비슷한 시가 한 편 있습니다. 바로 한국불교의 중흥조 경허선사께서 쓰신 시입니다.

世與靑山何者是　　세여청산하자시
春光無處不開花　　춘광무처불개화

세상과 청산 무엇이 옳은가
봄볕에 꽃피지 않는 곳 없구나

세상살이 일생을 두고 크고 작게 재고 따지며 사는 것이 범부중생의 인생입니다. 어제는 어땠고 오늘은 어떻고 또 내일은 어떨지 근심걱정이 끝없습니다. 세월의 흐름에 애달파 하지도 않고 세상살이와 산중살이를 비교하지도 않으며 낙엽지면 가을이고 꽃피면 봄이 온 줄 아는 천연의 마음이 그대로 도 닦는 마음입니다. 그저 맑으면 웃고 흐리면 찡그리고 비 내리면 울 뿐입니다.

이런 삶의 태도와 자세를 시원스럽게 풀어낸 시가 한 편 있으니 바로 부설거사의 팔죽시입니다.

此竹彼竹化去竹　　차죽피죽화거죽

風打之竹浪打竹　　풍타지죽랑타죽

粥粥飯飯生此竹　　죽죽반반생차죽

是是非非看彼竹　　시시비비간피죽

賓客接待家勢竹　　빈객접대가세죽

市井賣買歲月竹　　시정매매세월죽

萬事不如吳心竹　　만사불여오심죽

然然然世過然竹　　연연연세과연죽

이런대로 저런대로 되어가는 대로

바람 부는 대로 물결치는 대로

죽이면 죽 밥이면 밥 이런대로 살고

옳으면 옳고 그르면 그르고 그런대로 보고

손님 접대는 집안 형편대로

시정 물건 사고파는 것은 세월대로

세상만사 내 마음대로 되지 않아도

그렇고 그런 세상 그런대로 보낸다

'대죽竹자'를 '대로'라는 표현으로 사용하여 절묘하게 여덟 줄의 시를 지었습니다. 수행과 깨달음의 경지가 탁월했던 부설거사의 걸림 없고 천연스러운 안목과 삶이 있는 그대로 진솔하게 느껴집니다.

세상의 모양과 색은 보면서 그 이치를 보지 못하는 좁은 안목이 중생의 소견이고, 애초에 걸림 없는 마음에 줄을 긋고 벽을 세워 분별심을 일으켜 스스로를 가두니 중생심인 것입니다. 잠시라도 마음을 활짝 열면 중생심이 무너지고 깨달음의 눈이 열리게 되니 바로 그 순간이 선사들의 선시가 녹아나면서 온전히 알게 되는 때입니다. 입안에 넣은 사탕을 끝까지 다 녹여 먹지 않아도 입에 들어가는 순간부터 달고 맛있는 줄 알게 되는 것처럼 선시도 한 구절 한 편의 뜻을 맛보게 되면 이미 그 끝 맛을 모른다고 할 수 없을 것입니다.

세상은 오래 사느냐 짧게 사느냐가 중요한 것이 아니라 어떻게 사느냐가 중요합니다. 다만 누구나 순간순간을 사는 것이고 하루하루를 살아가는 것일 뿐입니다.

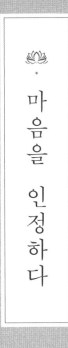

마음을 인정하다

지금 이 순간의 소중함에 대하여

01

아침에는 죽 한 그릇
점심에는 밥 한 그릇에도 배부르다
목마르면 차 세 그릇 우려 마시니
깨달음이 있고 없곤 상관 안 한다

\- 원감국사

寅漿飫一杓　　　　인장어일표

午飯飽一盂　　　　오반포일우

渴來茶三椀　　　　갈래다삼완

不管會有無　　　　불관회유무

깨달음이란 무엇인가요? 어떤 사람들은 깨달음을 대단하고 엄청난 것이라고 생각하지만 제 생각은 그렇지 않습니다. 아주 단순하고 명쾌합니다. 그저 어떤 상황에서도 행복한 것, 행복을 만들어가는 것. 저는 그것이 깨달음이라고 생각합니다.

아침에는 죽 한 그릇, 점심에는 밥 한 그릇, 그리고 저녁에는 차를 우려 마시며 사는 것. 이것이 보기에는 소박해보이지만, 수많은 일과 관계와 만남 속에서 살고 있는 현대인들에게는 거의 불가능한 일입니다.

우리가 이 시에서 느끼고 배워야 할 것은 단순히 적게 먹는 것이 아니라 '만족'입니다. 많은 사람들이 아홉을 가지고도 모자란다며 열을 채우기 위해 아등바등합니다. 아흔아홉을 가졌어도 부족하다며 백을 위해 달려갑니다. 그리고 비교합니다. 없다, 부족하다, 적다, 갖고 싶다, 먹고 싶다, 사고 싶다…. 우리는 얼마나 많은 욕망에 둘러싸여 살아가고 있는지요.

그리스, 페르시아, 인도 등 넓은 땅을 성복하여 대제국을 건설했던 마케두니아의 알렉산더 대왕도 죽을 때는 그

작 몸을 누일 땅 한 평이면 된다며 무소유의 삶을 실천하
며 떠났습니다. 모으고 쌓고 넓히고 늘리지 마세요. 그럴
수록 갈증은 심해집니다.

이 글을 읽는 지금 이 순간 이렇게 한 번 말해보세요.
"지금 이대로 만족한다!"

원감국사(1226~1293)
9세에 공부를 시작하였고, 19세에 장원급제를 하였다. 28세에는 선원사의 원오국사의
가르침 아래 스님이 되었다. 불교의 삼장(三藏)과 사림(詞林)에 이해가 깊었고, 무념무사
(無念無事)를 으뜸으로 삼았다. 뛰어난 문장가로 많은 작품을 남겼으며, 61세에 원오국사
뒤를 이어 수선사의 6세 법주가 되었다.

02

천 길 물속에 낚싯줄을 내리자
한 물결이 흔들리며 뒤따라
일만 물결이 이네
밤은 깊고 물은 차가워
물고기가 물지 않네
달빛만 가득 싣고 빈 배로 돌아오네

- 야보선사

千尺絲綸直下垂　　천척사륜직하수

一波纔動萬波隨　　일파재동만파수

夜靜水寒魚不食　　야정수한어불식

滿船空載月明歸　　만선공재명월귀

어니스트 헤밍웨이의 《노인과 바다》는 좌절 속에서도 포기를 모르는 불굴의 인간 정신과 삶에 대한 투쟁을 담고 있는 책입니다. 이미 고전으로 많이 읽혔고, 또 여전히 사랑받고 있는 이 작품은 삶이란 무엇인지 돌아보게 하는 마력을 가지고 있지요.

몇 달 동안 고기를 잡지 못한 늙은 어부가 이틀 밤낮의 사투 끝에 잡아 올린 청새치를 우리 삶으로 비유하면 무엇이라 말할 수 있을까요. 돌아오는 길목에 피 냄새를 맡고 몰려든 상어 떼에 뜯겨 애써 잡은 청새치가 앙상한 뼈만 남았을 때의 심정은 무엇과 비교할 수 있을까요.

우리 삶이 소설 속 노인처럼 망망대해로 나가는 배와 같다면, 우리는 과연 이틀 밤낮의 사투 끝에 무엇을 끌어올릴 수 있을까 고민해보았습니다. 사람들은 저마다의 삶 속에서 무언가를 건져 올리기 위해 낚싯대를 던집니다. 누군가에게는 명예일 수도 있고, 누군가에게는 돈일 수도 있지요. 또 누군가에게는 결혼, 누군가에게는 취직, 누군가에게는 건강이겠지요.

우리 삶은 끊임없이 무언가를 낚아 올리기 위해, 계속

꿈을 꾸기 위해 낚싯대를 던져야 하는 것 같습니다. 낚싯대를 던질 때마다 물이 거세게 출렁이는데도 말이지요.

저는 그 푸른 물속에서 부처를 건져 올리고 싶고요. 사바세계를 떠도는 가엾은 사람들을 건져 올리고 싶습니다. 그러나 아무리 낚싯대를 던져도 도저히 건져 올릴 수 없는 것들이 있겠지요. 헤밍웨이가 《노인과 바다》를 통해 인생을 말하려 했던 것처럼, 야보선사의 시를 통해 우리네 인생에 대해 고민해봅니다. 아무것도 건져 올리지 못한 배 위에는 허공이 아니라 달빛이 가득 실려 있다는 것을 깨닫게 됩니다.

야보선사(생몰년 미상)

송나라 때 선승이다. 동제겸(東齊謙) 스님 회상에서 공부하다 크게 깨달음을 얻었다. 출가한 스님들과 중생들이 그의 법력을 높이 샀다고 한다. 금강경해설에 능해 금강경의 내용을 시문으로 자주 표현했다고 전해진다. <금강경야보송(金剛經冶父頌)>을 지었다.

03

전생에는 누가 나였으며
내생에는 내가 누가 될까
금생에 비로소 나인 줄 알고 나니
나 밖에서 나를 찾았구나

- 학명선사

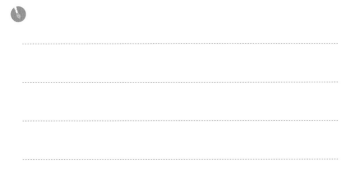

前生誰是我　　　전생수시아

來生我爲誰　　　래생아위수

今生始知我　　　금생시지아

還迷我外我　　　환미아외아

가끔 생각해봅니다. 전생에 나는 무엇이었기에 금생에 스님으로 사는 것일까. 여러분들도 한번쯤은 이런 생각해보지 않으셨나요? 전생에 무엇이었기에 지금의 내가 되었을까 하고 말입니다. 가끔 사는 게 팍팍하고 힘이 들 때면 이런 말들 많이 하시지요. "내가 전생에 무슨 죄를 지었기에 이렇게 힘든가!"

삶은 윤회라고 하지요. 죽어서 다시 태어나고 또 죽어서 다시 태어나고, 그리하여 이 번뇌를 끊지 못하고 계속 살아내야만 하는 것. 가만히 생각해봅니다. 다음번 생에 나는 무엇이 될 것인가. 다시 스님이 될 수 있을까? 이 지루한 윤회를 끊어내고 이승에서 깨달음을 얻어 자유자재할 수 있을까?

불교는 전생을 믿고, 윤회가 있다고 말합니다. 깨달음을 얻은 자만이 윤회를 끊고 생사를 뛰어넘은 대자유인이 될 수 있다고 가르칩니다. 가톨릭이나 천주교도 마찬가지로 죽음 뒤에 천국이나 지옥이 있다고 말합니다. 다른 종교도 사후세계에 대해 끊임없이 이야기합니다. 혹자의 말로 사람들은 살기 힘들수록, 현실이 고달플수록 종교에 더 매달린다고 합니다. 지금 이생이 아닌 죽음 뒤의 생을 생각하며 지금의 고통에서 위로받는 것이지요.

지금 생을 어떻게 사느냐에 따라 다음 생이 결정된다고 하지만 우리가 다음 생을 잘 살기 위해 수행하는 것만은 아닙니다. 오히려 지금 생을 더 잘 살기 위해서 공부하고 마음을 닦고, 나누고, 돕고, 사랑하며 삽니다. 다음 생에 지나치게 집착하다보면 지금의 나를 잊게 마련입니다. 그렇다고 금생의 돈, 명예, 권력, 지위, 승부, 자격만을 위해 사는 것도 안 되지요.

그런 집착까지도 모두 내려놓고, 지금 나눌 수 있는 것을 나누고, 행동할 수 있는 것들을 행동하며, 현재를 더욱 충실히 살아내야 합니다.

학명선사 (1867~1929)

한국 근대불교의 대표적인 스님이다. 20세에 부모를 잃은 후 인생의 무상함을 느끼고 출가하였다. 불갑사, 구암사, 영원사 등 여러 사찰에서 공부했으며 후학 양성에 힘썼다. 또한 반농반선을 주창하고 몸소 실천하며 살았다.

04

고향집은 나날이 황폐해지고
집 떠난 나그네는 소식이 없네
길을 걷다 잠시 되돌아보면
그대 서있는 발밑이 바로 고향이네

- 원감국사

古園家業日荒凉   고원가업일황량

遊子迷津去路長   유자미진거로장

若何箇中廻眼覰   약하개중회안처

元來脚下示吾鄕   원래각하시오향

얼마 전 '청년 고독사'에 대한 기사를 읽었습니다. 고독사는 독거노인들만의 문제인 줄로만 알았는데, 요즘 청년들도 고독사를 당한다고 하니 마음이 안 좋더군요. 1인 가구시대라고 합니다. 혼밥족(혼자 밥 먹는 사람)이 늘어나고 있다고 합니다. 왜 그렇게 혼자 살며, 혼자 먹고, 혼자 죽는 사람이 늘어나는 것일까요. 무엇 때문인지 곰곰이 생각해보았습니다.

말은 제주로 보내고, 사람은 서울로 보내라고 했던가요. 꿈을 찾아 도시로 몰린 청년들은 높은 월세를 감당하느라 허덕거리고, 남들처럼 살아내기 위해 쉬지도 못하고 뛰는 것 같습니다. 아무리 스펙을 쌓아도 남들도 다 이만큼 해내는 것들이라 평범해 보이기까지 하지요. 청년실업은 10년 전에도 지금도 여전히 문제입니다. 이토록 살기 힘들고 빠듯한 시대, 고려 후기에 활동했던 원감국사의 작품이 떠오릅니다.

나그네에 대해 이야기하고 있는데요. 그 시대 집 떠난 나그네들이 지금 우리네 청년들과 많이 닮아 보였습니다. 자식을 멀리 보낸 부모들은 장성한 자식 뒷바라지에 곳간

이 비어가고, 멀리 사는 자식은 지금 사는 곳을 고향인양 버티며 사는 것이 말이지요. 시 속 나그네가 이 시대 고단한 청년들처럼 보입니다. 사람들과 어울려 사는 것보다 혼자 살고 혼자 먹는 것이, 오히려 고독을 택하는 것이 더 마음 편한 이 시대와 닮아 보입니다.

그러나 아무리 살기 어려운 시대라도 희망은 있지 않을까요. 부디 작은 방에서 벗어나 빛을 보고, 사람을 만나고, 꿈을 찾고, 희망을 노래하는 나날이 더 많아지길 기도합니다. 청년 고독사를 뉴스로 만나는 게 아니라, 청년들의 밝은 오늘을 더 많이 마주하길 바라봅니다. 제발 오늘 하루도 더 간절히 더 빛나게 살아보길 권해봅니다.

원감국사(1226~1293)

9세에 공부를 시작하였고, 19세에 장원급제를 하였다. 28세에는 선원사의 원오국사의 가르침 아래 스님이 되었다. 불교의 삼장(三藏)과 사림(詞林)에 이해가 깊었고, 무념무사(無念無事)를 으뜸으로 삼았다. 뛰어난 문장가로 많은 작품을 남겼으며, 61세에 원오국사 뒤를 이어 수선사의 6세 법주가 되었다.

05

계절은 사람을 재촉하고
해와 달은 흘러만 가네
일생에 얼마나 기뻐하고
얼마나 근심했는가
마침내 백골이 되어
한 무더기 잡초에 묻힐 것을
젊음은 황금을 주어도
결코 돌아갈 수가 없네
죽고 나서 공연히
천고의 한을 품게 되리니
살았을 때 잠시라도 쉬어본 이
누가 있을까
성현들도 모두 다 범부가 닦아서
이루신 것을
어찌 그분들을 본받아서
닦지 않을 것인가

- 나옹선사

寒暑催人日月流　　　한서최인일월유

幾多歡喜幾多愁　　　기다환희기다수

終成白骨堆靑草　　　종성백골퇴청초

難把黃金換黑頭　　　난파황금환흑두

死後空懷千古恨　　　사후공회천고한

生前誰肯一時休　　　생전수긍일시휴

聖賢都是凡夫做　　　성현도시범부주

何不依他樣子修　　　하불의타양자수

가끔 저를 찾아와 고민을 털어놓는 신도분들이 있습니다. 나름 삶의 중요한 문제들로 고민하다가 제게 조언을 듣고 싶어 찾아오는 분들이죠. 그분들 이야기를 가만히 듣고 있노라면, 삶이 비슷한 걱정과 비슷한 고민들로 가득 채워져 있다는 게 느껴집니다.

사람 노릇이란 게 무엇일까요? 젊어서는 자식 노릇, 늙어서는 부모 노릇하느라 하루하루를 고달프게 견디고 있지 않습니까. 모두들 세월을 재촉하며 바쁘게 뛰어만 가는 것 같아 안타깝기도 합니다. 가끔 이런 질문을 받습니다. "스님은 이런 고민해본 적 없으신가요?" 그럼 저는 이렇게 말합니다. "당연히 있지요. 저도 사람인데요." 출가한 스님이기 이전에 저 역시 사바세계를 살아가는 한 사람입니다. 그렇기에 더욱더 마음을 닦고 자신을 살피며 정진하고 있습니다.

옛 성현들도 본디 평범한 사람이었습니다. 똑같이 걱정 많고, 근심하며, 아직 깨닫지 못한 범부였습니다. 성현들이 어느 날 갑자기 교통사고를 당한 것처럼 깨달음을 얻은 것은 아닙니다. 머리 깎은 스님들만 도를 닦는 것도 아니고, 종교에 몸 바친 이들만 깨달음을 얻는 것도 아닙니다. 어지럽고 위태로운 삶 속에서 마음을 닦고 수행하는 것이 필요합니다.

쉽지 않은 세상살이라고 하지요. 고민 없는 사람이 없다고들 하지요. 인생의 희로애락은 모두에게 공평하다는 걸 새삼 생각합니다. 고비가 찾아오고 위기가 찾아올 때마다 성장하는 영웅들처럼, 삶이 주는 고민 속에서 한 계단씩 성장하는 삶을 사시면 좋겠습니다.

나옹선사(1320~1376)

고려 말 대표적인 고승으로 법명은 혜근이다. 21세 때 친구가 죽자 인생의 무상함을 느끼다가 결국 문경 공덕산 묘적암 요연선사에게 찾아가서 출가하였다. 지공, 무학과 함께 3대 화상(和尙, 수행을 많이 한 스님)으로 불린다.

섬돌 앞에 비 내리니 꽃들이 웃고
난간 밖에 바람 부니
소나무가 우는구나
어찌 애써서 오묘한 진리를
찾아 헤매는가
있는 그대로 원만한 깨달음인 것을

- 벽송선사

花笑階前雨 　　　화소계전우

松鳴檻外風 　　　송명함외풍

何須窮妙旨 　　　하수궁묘지

這箇是圓通 　　　저개시원통

저는 오늘도 부처님을 만났습니다. 무슨 말이냐고요? 꽃도 부처고 소나무도 부처라는 말입니다. 불교가 다른 종교와 구별되는 가장 큰 특징은 무엇일까요. 바로 부처님이 전지전능한 '신'이 아닌 우리와 같은 '인간'이었다는 점입니다.

여기에는 깊은 뜻이 담겨있습니다. 바로 우리도 누구나 부처가 될 수 있다는 것이지요. 누구나 진리를 볼 수 있는 눈만 있다면 알게 될 것입니다. 나도 부처고 당신도 부처라는 사실을요. 그리고 이런 마음을 갖고 있다면 그 어떤 존재라도 사랑할 수밖에 없고, 자비를 베풀 수밖에 없습니다.

그러나 우리는 앞에 부처님이 있는데도 알아보지 못하고, 괜히 애먼 곳에서 깨달음을 얻으려 애쓰며 헤매고 있는 건 아닌가 싶습니다. 모든 것이 저마다 나름의 의미가 있고, 그것들은 깨달음을 가져다줍니다. 저는 마른 땅을 적시는 봄비에서 생명력을 느끼고, 익어가는 곡식을 보며 삶의 겸손함을 느끼고, 떨어지는 낙엽에서 인생의 유한함을 느낍니다.

깨달음을 얻기 위해 안달복달 야단이 났나요? 그렇다면 일단 주변을 둘러보세요. 꽃을 관찰하고, 별을 보고, 바람을 느끼세요. 자연을 사랑하세요. 옆에 앉은 사람을 소중히 여기세요. 낱낱의 이 모든 게 깨달음이라는 사실을 알았다면 당신은 이미 부처입니다.

벽송선사(1464~1534)

조선 전기의 스님이다. 어릴 적부터 문무에 모두 관심이 많았던 스님은 1429년에 북방에서 침입한 여진족과 싸워 큰 공을 세웠다. 하지만 전쟁에서 얻은 명성의 허망함을 깨닫고 지리산에서 도를 닦아 불교계의 종사가 되었다.

07

옳거니 그르거니 따져봐야
참으로 부질없다
산은 산대로 물은 물대로
저절로 한가한데
서방 극락 세계가 어디냐고 묻지 마라
흰 구름 걷힌 곳에 청산이 드러난다

- 임제선사

是是非非都不關　　　시시비비도불관

山山水水任自閑　　　산산수수임자한

莫問西天安養國　　　막문서천안양국

白雲斷處有靑山　　　백운단처유청산

제가 쓴 책 중에 《마음을 천천히 쓰는 법》이라는 책이 있습니다. 모든 일에 시시비비를 가리려하고, 작은 일에도 욱! 하고 확! 하고 팍! 하는 사람들에게 어떻게든 여유를 가지고 한 걸음 물러서서 바라보라는 의미에서 쓴 책입니다.

어리석은 사람은 마음을 백 미터 달리기하는 사람처럼 쓰고, 지혜로운 사람은 십 리 길을 가는 사람처럼 씁니다. 저는 지혜로운 삶을 살기 위해서는 마음을 천천히 그리고 조금은 무심하고 담담히 쓰라고 말합니다.

사실 세상에 옳은 것이 어디 있고 그른 것이 어디 있겠습니까. 홍상수 감독의 〈그때는 맞고 지금은 틀리다〉라는 영화 제목처럼 지금은 옳은 것 같고 최선이라고 생각하지만, 나중에는 그것이 최선이 아니고 틀린 것일 수 있습니다.

어떤 일이 생겼을 때 그것만 생각하다 보면 마음이 작아지고, 그러다 보면 하나의 관점에만 갇혀서 더 큰 것을 놓칠 때가 많습니다. 그래서 때로는 정답을 결정하려고 하지 않는 것이 좋은 답일 수도 있습니다.

산, 물, 구름을 보세요. 저절로 한가한데 질문이 어디 있고 답이 어디 있겠습니까. 어떤 상황이 생겼을 때 좋다, 나쁘다, 옳다, 그르다 하는 이분법으로 결론 내지 마세요. 다만 한 걸음 물러서서 생각해보세요. 며칠쯤 그 상황과 생각들을 묵혀 두어보세요. 이전과는 생각이 완전히 다르게 바뀔지도 모릅니다. 그리고 거짓말처럼 자연스럽게 답이 나타날 수도 있습니다. 그러니 함부로 극락과 지옥을 말하지 마세요. 지금 이곳이 청산입니다.

임제선사(?~867)

중국 당나라 때 스님이다. 출가 후 황벽선사에게 가르침을 받았다. 이후 중국 선종의 오가(五家)로 불리는 임제종을 만들었다. 제자들을 엄격하게 가르쳤고, 중국 불교의 특색을 가져왔다는 평가를 받는다.

08

우습구나 소를 탄 사람아
소를 타고서 무슨 소를 또 찾는가
그림자 없는 나무를 베어다가
저 바다 물거품을 다 태워버리리

- 태능선사

可笑騎牛子   가소기우자

騎牛更覓牛   기우갱멱우

斫來無影樹   작래무영수

銷盡海中漚   소진해중구

선가에서는 마음을 찾는 일을 소를 찾는 일에 비유했습니다. 마음의 소라 하여 심우(心牛)라고도 합니다. 방황하는 자신의 본성을 발견하고 깨달음에 이르기까지의 과정을 그림으로 그리기도 했습니다. 야생의 소를 길들이는 것에 비유하여 10단계로 그린 것인데요. 이를 심우도(尋牛圖) 또는 십우도(十牛圖)라고 합니다.

자기가 가장 좋아하고 잘할 수 있는 일이 있는데도 그것도 모르고 이 일 저 일 찾아다니는 사람이 많이 있습니다. 가장 소중한 사람이 옆에 있는데도 그 소중함을 모른 채 멀리서 찾는 사람들도 많이 있습니다. 답은 내 마음속에 있는데 스스로 보지 못하고 밖에서만 찾으려고 허송세월하는 사람도 많이 있습니다.

소를 타고서도 소를 찾는 사람이여! 그림자 없는 나무는 이 세상에 없습니다. 그런 나무를 베어다가 그 나무로 불을 때서 바다의 물거품을 다 태워버리겠다는 일만큼이나 황당하고 어리석은 일이랍니다.

멀리서 찾지 마세요. 항상 나와 곁을 보세요. 그곳에 모두 있습니다. 《임제록》에 '수처작주 입처개진(隨處作主 立

處皆眞)'이라는 말이 있습니다. 있는 곳마다 내가 주인임을 잊지 않으면 머무는 곳이 진리라는 말입니다. 지금 있는 곳에서 주인이 되어 참된 나를 찾으시기 바랍니다.

태능선사(1562~1649)

조선 후기의 스님이다. 13세에 진대사에게 계를 받아 출가했다. 서산대사의 전법제자로 선지를 깨쳤는데, 선지를 통달한 유일한 제자로 평가받기도 했다.

09

껍데기를 버리고 초연하게
세상사를 벗어나서 허공에 부서져 들어가
종적조차 없게 한다
나무사람은 박수치며
늴리리야 노래 부르고
돌말을 거꾸로 타고 내 맘대로 돌아가네

- 허정선사

脫殼超然出範圍   탈각초연출범위

虛空撲落無蹤跡   허공박락무종적

木人唱拍哩囉囉   목인창박리라라

石馬倒騎歸自適   석마도기귀자적

'죽음 알림 주간'이 있다면 믿으시겠습니까? 영국에는 매년 5월, 죽음 알림 주간이 있다고 합니다. 정부는 이때 죽음에 관련된 다양한 행사를 준비합니다. 예를 들면 미리 유언장 작성해보기, 어디서 어떤 죽음을 맞이할 것인지 계획 세워보기, 아이들과 죽음에 관한 이야기 나누기 등이 있습니다. 그리고 국민들은 죽음의 중요성을 생각해보고, 자신의 삶을 돌아보고 성찰할 수 있는 시간을 보냅니다. 그래서인지 영국은 전 세계에서 '죽음의 질 지수'가 가장 높은 나라입니다.

반면 우리나라는 안타깝게도 죽음의 질 지수가 무척 낮습니다. 죽음을 터부시하는 경향이 강해 죽음에 대해 말하는 것조차 꺼리기도 합니다. 그러나 저는 우리나라도 영국처럼 자연스럽게 죽음을 말하고 죽음을 알리는 사회가 되어야 한다고 생각합니다. 사실 죽음처럼 확실한 것도 없는데 우리는 죽음에 대해 너무나 모르고 있는 건 아닌가 싶습니다.

철학자 키케로는 "지혜로운 사람에게는 삶 전체가 죽음에 대한 준비이다"라고 말했습니다. 삶과 죽음은 분리될 수 있는 것이 아닙니다. 좋은 죽음을 맞기 위해서는 좋은 삶을 살아야 하고, 궁극적으로 좋은 삶이었다고 말하기 위해선 마지막 순간이 아름다워야 하기 때문입니다. 삶에 대한 미련, 죽음에 대한 두려움은 떨쳐버리세요. 다만 죽음에 대해 편안하고 가볍게 생각해보세요. 선사의 말씀처럼 삶의 마지막 여정이 홀가분하길 진심으로 바라봅니다.

허정선사(1670~1733)

조선 후기의 스님이다. '진리가 너 자신에게 있다'는 화엄의 원돈법계설을 공부하다 크게 깨달음을 얻었다. 1708년 구월산으로 들어갈 땐 그를 따르는 문도가 100여명이나 되었다고 전해진다. 임진왜란 당시 스님들의 기상을 보여준 것으로 유명하다.

마음을 비우다

버릴수록 채워지는 행복에 대하여

10

천만 가지 계획과 생각들이
불타는 화로 속에 한 조각 눈송이라
진흙 소가 물 위를 건너가니
대지와 허공이 갈래갈래 갈라진다

- 서산대사

千計萬思量   천계만사량

紅爐一點雪   홍로일점설

泥牛水上行   니우수상행

大地虛空裂   대지허공열

불교에는 '번뇌'라는 말이 자주 등장합니다. 집착에서 일어나는 마음의 갈등을 나타내는 불교 용어이지요. 굳이 불교에 국한시키지 않더라도 우리 삶은 번뇌, 즉 집착을 버리지 못해 끊임없이 고통받는 과정에 있습니다.

우리는 수천수만 가지의 계획을 세우며 살아갑니다. 어느 대학에 가야지, 어느 회사에 취업해야지, 살을 빼야지, 돈을 모아야지, 이걸 사야지, 이런 남자 또는 저런 여자랑 결혼해야지, 남보다 더 잘살아야지. 마음으로 품는 계획들은 대개 이런 것들이지요.

남처럼 살기 위한 계획들, 남처럼 살아가기 위한 생각들이 우리를 번뇌에 휩싸이게 하는 것은 아닐까 생각합니다. 삶을 풍요롭게 하는 따뜻한 계획보다, 악착같이 남과 비교하며 뒤처지지 않고 살기 위한 계획들이 더 많다고 느껴집니다. 조금만 여유를 갖고, 집착을 버리면 더 편해질 텐데 말이지요.

서산대사의 오도송과 열반송은 인생의 무상함과 세상사의 허무함을 말합니다. 서산대사는 이미 우리에게 선시로 잘 알려진 스님이고, 현대까지도 가르침을 주는 스님인데요. 그가 남긴 시를 통해 서산대사가 활동했던 조선 중기의 상황이 현대인의 번뇌와 다르지 않음을 짐작할 수 있었습니다. 그는 이 선시를 통해 천 가지 계획, 만 가지 생각이 우리에게 주는 번뇌에 대해 이야기합니다.

현시대의 우리도 계획과 생각 안에서 고통 받는 것은 마찬가지입니다. 하지만 마치 한 조각 눈송이가 화롯불에서 사라지듯 허망하고 부질없지요.

대지와 허공이 갈라지듯, 마음을 괴롭고 복잡하게 하는 선입견과 고정관념들이 일순간에 사라져 버릴 수 있습니다. 부디 모두 번뇌를 걷어내고, 집착을 버려 마음에 평화를 찾으시길 바랍니다.

서산대사(1620~1604)

조선 중기 스님이다. 성균관에서 공부했고 이후 지리산에 들어가 출가했다. 임진왜란 당시 73세의 고령에도 불구하고 승병을 모집해 왜적을 물리치는 데 큰 공을 세웠다. 조선 불교가 조계종으로 일원화하는 데 기틀을 마련했으며 유(儒)·불(佛)·도(道)는 일치한다고 주장하였다.

11

청산은 나를 보고 말없이 살라하고
창공은 나를 보고 티 없이 살라하네
사랑도 벗어놓고 미움도 벗어놓고
물같이 바람같이 살다가 가라하네
물같이 바람같이 살다가 가라하네

- 나옹선사

靑山兮要我以無語　　청산혜요아이무어

蒼空兮要我以無垢　　창공혜요아이무구

聊無愛而無憎兮　　　요무애이무증혜

如水如風而終我　　　여수여풍이종아

고려 말 공민왕의 사신이었던 나옹선사의 불교 가사입니다. 선사는 20대 때 친구의 죽음을 보고 '사람은 죽으면 어디로 가는가'에 대한 물음을 가졌습니다. 이후 죽음에 대한 답을 얻기 위해 여기저기 돌아다녔습니다.

600년 전 스님이 물었던 것처럼 나 자신에게도 물어봅니다.

"사람은 죽으면 어디로 가는가?"

"살아있던 이 생명들이 죽거나 사라지면 모두 어디로 가는가?"

오직 모를 뿐입니다. 그래서 저도 나옹선사의 마음처럼 그렇게 말없이, 티 없이 살아보려고 노력합니다. 사랑도 버리고 미움도 버리고 살다가 가려합니다.

나옹선사의 어록에 이런 구절이 나와 있습니다.

選佛場中坐　선불장*에 앉아있는 가운데

惺惺着眼看　정신 차리고 제대로 보라

• 선불장(사찰의 선방 또는 큰방의 별칭) : 부처를 가리는 곳이라는 뜻

見聞非他物 보고 듣는 것이 다른 물건이 아니요

元是舊主人 원래 그것은 옛 주인이다

당신에게도 묻습니다.

"죽으면 어디로 갑니까?"

"부모님, 스승, 친구, 사랑하는 사람들은 모두 어디로
갑니까?"

오직 모를 뿐이지요. 그래서 나옹선사처럼 이렇게 말하
고 싶습니다.

성냄도 벗어놓고 탐욕도 벗어놓고 물같이 바람같이 살
다가 갑시다.

나옹선사(1320~1376)

고려 말 대표적인 고승으로 이름은 혜근이다. 21세 때 친구가 죽자 인생의 무상함을 느
끼다가 결국 문경 공덕산 묘적암 요연선사에게 찾아가서 출가하였다. 지공, 무학과 함께
3대 화상(和尙, 수행을 많이 한 스님)으로 불린다.

12

아미타부처님 어디에 계시는가
마음에 새겨두고 간절하게 잊지 않으며
생각하고 생각해서 생각조차 없어질 때에
눈, 귀, 코, 입 온몸에서
금빛 광명이 쏟아지리라

- 나옹선사

阿彌陀佛在何方　　아미타불재하방

着得心頭切莫忘　　착득심두절막망

念到念窮無念處　　염도염공무념처

六門常放紫金光　　육문상방자금광

고려시대 나옹선사가 쓴 시입니다. 이 작품 속에는 재미있는 이야기가 함께 담겨 있습니다. 앞에서도 이야기한 것처럼 나옹선사는 친구의 죽음을 목격한 후 큰 충격에 빠져 출가를 결심하게 되었다고 합니다. 그때 스님에겐 누이동생이 있었습니다.

이 누이동생은 출가한 오라비를 잊지 못하고 계속해서 찾아왔는데요. 속세의 연을 끊지 못하는 것을 큰 장애로 생각했던 나옹선사는 동생이 찾아와도 만나주지 않았다고 합니다. 그러다 동생이 다시 찾아오거든 다른 절로 가고 없다는 말을 전해달라 다른 사람에게 부탁하는데요. 이때부터 동생은 그리운 오라비를 찾아 이 절, 저 절을 떠다니며 수소문에 나섭니다.

나옹선사는 동생에게 내가 생각날 때마다 부처님을 생각하라고 부탁합니다. 아미타불을 생각하는 마음으로 가족의 애착을 끊고, 오라비에 대한 생각을 끊어달라는 당부였습니다. 뜻을 품고 출가를 결심한 스님이라도 가지가지 번뇌와 유혹이 있고 고민이 있습니다.

유교는 효도를 강조하지만, 불교에서는 가족에 대한 애

착을 수행의 장애로 생각합니다. 그래서 출가한 모든 스님들은 속세의 애착을 끊어내고 머리를 깎는데요. 이 시가 이토록 절절하게 느껴지는 것은 아마 수행자의 마음이 잘 담겨있기 때문일 겁니다.

그리움이나 미련도 결국 마음이 만들어낸 허상일 뿐입니다. 더 이상 생각할 것이 없을 때에야 비로소 깨달음은 옵니다. 가득 찬 마음을 비워내는 일이 쉽진 않겠지만, 단 몇 시간만이라도 고달픈 번뇌에서 자유로워지시길 바랍니다.

나옹선사(1320~1376)
고려 말 대표적인 고승으로 이름은 혜근이다. 21세 때 친구가 죽자 인생의 무상함을 느끼다가 결국 문경 공덕산 묘적암 요연선사에게 찾아가서 출가하였다. 지공, 무학과 함께 3대 화상(和尙, 수행을 많이 한 스님)으로 불린다.

13

나뭇가지를 붙들고 살아있는 것은
대단한 일이 아니고
벼랑 끝에서 손을 놓아버릴 수 있어야
대장부다
물은 차갑고 밤은 냉랭해
고기를 찾을 수 없어
빈 배에 달빛만 가득 싣고 돌아오는구나

- 야보선사

得樹攀枝未足奇　　득수반지미족기

懸崖撒手丈夫兒　　현애살수장부아

水寒夜冷魚難覓　　수한야냉어난멱

留得空船載月歸　　유득공선재월귀

김구 선생은 명성황후 시해 용의자인 일본군 중위 쓰다 치를 죽일 때 이 시구를 떠올렸다고 합니다. 일왕 탄생일 인 천장절 거사를 앞두고 있는 윤봉길 의사에게 직접 들 려주기도 했습니다. 그래서일까요. '현애살수장부아'는 확고한 의지와 기개를 다질 때 자주 인용되는 글귀입니 다. 어느 신문을 보니 '남자를 자극하는 문장'으로 꼽히기 도 했더군요.

그러나 이것은 우리 모두를 자극하는 문장입니다. 벼랑 끝에서 죽음의 두려움을 떨쳐내고 놓음과 버림을 실천하 는 데는 남자와 여자, 어른과 아이 구분이 없으니까요. 다 만 저는 이 글귀를 정치인들과 기업인들이 한 번 더 마음 에 새겼으면 좋겠습니다. 우리 사회 깊숙이 침윤되어있는 부조리와 부패를 뿌리 뽑기 위해서라도 말입니다.

더 많은 재산과 더 높은 명예를 위해 권리를 남용하며 특혜를 받고자 하는 이들의 모습은 볼썽사납고 안타깝기 까지 합니다. 당장 눈앞의 이익만 좇는 것은 미욱한 일입 니다.

탐욕은 불교의 십악 중 하나입니다. 부처님은 늘 탐욕을 경계해야 한다고 설법하셨습니다. 집착은 탐욕을 부릅니다. 그리고 그 탐욕의 말로는 결국 불행뿐입니다. 천길 벼랑 끝 나뭇가지를 붙잡은 손을 놓을 수 없다면 반드시 기억하세요. 결국 놓을 수밖에 없습니다. 버림과 비움만이 미덕입니다. 떠나야 할 때 떠나는 자의 뒷모습은 아름답습니다. 버릴 때 버릴 줄 아는 자는 더 많은 것을 얻게 됩니다. 우리에게 지금 필요한 건 놓을 수 있는 용기입니다. 그래야 최선의 방향으로 한 발 더 나갈 수 있으니까요.

야보선사(생몰년 미상)

송나라 때 선승이다. 동제겸(東齊謙) 스님 회상에서 공부하다 크게 깨달음을 얻었다. 출가한 스님들과 중생들이 그의 법력을 높이 샀다고 한다. 금강경해설에 능해 금강경의 내용을 시문으로 자주 표현했다고 전해진다. <금강경야보송(金剛經冶父頌)>을 지었다.

14

산승이 물에 비친 달을 너무나 사랑해서
차가운 샘물과 달을 함께 병에 담았네
돌아와 돌그릇에 쏟아 부었는데
온통 물을 휘저어 보아도
달은 찾을 수가 없네

\- 괄허선사

山僧偏愛水中月   산승편애수중월

和月寒泉納小缾   화월한천납소병

歸到石龕方瀉出   귀도석감방사출

盡情攪水月無形   진정교수월무형

눈앞에 보이는데 실제로는 없는 것. 다시 말해 눈앞에 없는 것이 있는 것처럼 보이는 것을 환영(幻影)이라고 합니다. 세상에는 그러한 것들이 참 많습니다. 저 하늘에 두둥실 떠서 물속에 비친 아름다운 달빛은 어디서 온 것일까요. 본래 달에는 빛이 없다고 합니다. 해를 반사한 빛이 '달빛'처럼 느껴지는 것이지요.

하늘을 아름답게 수놓는 별빛 또한 마찬가지입니다. 스스로 발광하는 별도 있지만 스스로 빛나지 못하는 별도 있습니다. 달처럼 해를 반사시킨 빛을 별빛이라 착각하는 것이지요. 이처럼 우리는 실제로 존재하지 않는 것들을 바라보며 착각에 빠지기도 합니다.

이렇게 스님은 시를 통해 있어도 없는 것, 없으면서 존재하는 것들을 이야기하려 했습니다. 지금 우리는 확실히 이 세계에 존재하고 있는 것일까요, 없는 것일까요? 우리가 얻고자 하는 물질적인 부와 명예는 의미 있는 것일까요, 없는 것일까요? 달빛처럼 눈에는 보이지만 손에 잡히지 않고, 느껴지지만 존재한다고 확실히 증명할 수 없는 것들이 꽤 많습니다.

이 시는 우리네 삶을 돌아보고 확인하게 합니다. 손에 잡히지 않고 형체도 없는 것을 좇아 삶을 허덕거리는 중생들에게 깨달음을 주고 있습니다. 시 속 산승 역시 달빛에 마음이 홀려 그것을 잡으려 집착하지만 허상일 뿐이지요.

눈에 보이는 모든 것을 믿을 수 없는 것이 인생이라 했던가요. 육체의 눈 말고 마음의 눈으로 세상을 바라보는 연습이 더 필요한 때입니다. 양동이 가득 떠낸 것이 물인지, 달빛인지 생각해보시기 바랍니다.

괄허선사(1720~1789)

조선 후기의 스님이다. 어려서부터 기억력이 좋고 영특했다. 14세 때 문경 사불산 대승사에서 출가하였다. 그 후 여러 사찰을 돌아다니며 불교 중흥에 힘썼다.

15

여보시오 고개 돌려 나 좀 보소
저기 밝은 달이 낚싯바늘에 걸렸구려
부자 아버지를 두고
무슨 이유로 떠도시오
막막한 나그네길 근심밖에 없지 않소

\- 굉지선사

一喚回頭識我否   일환회두식아불

依稀蘿月又成鉤   의희나월우성구

千金之子纔流落   천금지자재유락

漠漠窮途有許愁   막막궁도유허수

왜 사람들은 가진 것은 생각지 않고 모자라고 부족한 것만 생각할까요. 끊임없이 남과 비교하고, 남의 것을 더 크게 여기는 마음은 언제부터 시작된 것일까요. 비교사회라고 하고 경쟁사회라고 합니다. 남보다 뛰어나고, 남보다 더 잘나고, 남보다 더 많이 가져야만 행복하다고 생각하는 시대입니다.

다른 사람과 비교할 수 없는 재능, 다른 사람은 가지지 못한 따뜻한 관계, 다른 사람은 흉내 내지 못하는 온전한 나만의 인생을 아낄 줄 알았으면 좋겠습니다.

금수저 흙수저라고 하지요. 부자 부모에게 부자가 나고, 가난한 부모에게 가난한 자가 난다고 합니다. '모든 것'을 오직 돈으로만 평가하는 사회이기에 이런 말이 나온 것은 아닐까요. 잘 돌아보십시오. 우리는 돈 말고도 더 귀한 것을 많이 가지고 있습니다. 비교하고 부족하다고 생각하는 것보다, 내가 얼마나 많이 가지고 있는지 먼저 깨닫고 아는 것이 중요합니다.

아무리 좋은 곳을 여행해도 집보다 좋은 곳은 없고, 아무리 비싼 물건을 소유해도 추억이 담긴 익숙한 물건보다 좋을 수 없습니다. 내가 가진 것보다 귀한 것은 없습니다. 이 사회가 이미 가지고 있는 것을 하찮게 여기고, 더욱 욕심을 부리게 하는 것 같습니다. 내가 가진 진귀한 재능을 알아보고 귀하게 여길 줄 알아야 합니다.

내가 가지고 있는 관계들을 아낄 줄 알아야 합니다. 지금도 끊임없이 자신을 알아봐달라 소리치는 '내가 이미 가지고 있는 것들'에 눈 돌려보십시오. 소중한 것은 잃어버렸을 때야 그 가치를 깨닫는다고 합니다. 그전에 먼저 알아보고 감사하는 마음을 가져보십시오.

굉지선사(1091~1157)

중국 송나라 때의 스님이다. 검소했으며 문하에는 언제나 스님들이 모여들었다. 공부하러 오는 사람은 누구라도 돌려보내지 않아 몰려드는 사람에 비해 한정된 식량 때문에 자주 죽을 쑤어먹었다고 한다. 후세 사람들은 굉지선사를 대혜종고와 함께 선문(禪門)의 2대 감로(甘露)라고 부른다.

16

봄에는 꽃피고 가을에는 달 밝고
여름에는 바람 불고 겨울에는 눈 내리니
쓸데없는 생각만 마음에 두지 않으면
언제나 한결같이 좋은 시절일세

- 무문선사

春有百花秋有月   춘유백화추유월

夏有凉風冬有雪   하유량풍동유설

若無閑事掛心頭   약무한사괘심두

便是人間好時節   편시인간호시절

중국 남송의 선승인 무문선사는 문이 없는 답인 '무(無)'를 화두로 6년 동안 정진을 하다가 점심 공양을 알리는 북소리에 깨달음을 얻었다고 합니다. 사람들은 의아하게 생각할 것입니다. 도대체 어떤 '북소리'이기에 스님이 깨달음을 얻었나 하고 말입니다. 저는 이렇게 생각합니다. 그 북소리가 특별한 북소리였다기보다는 무문선사가 깨달음을 얻을 때가 되었기에, 그의 수행이 무르익었기에 깨달음을 얻었다고요.

위의 시가 말하는 바도 비슷한 의미인 것 같습니다. 깨달음을 얻은 사람들에게는 사계절 날마다 좋은 날입니다. 무엇 하나 좋지 않은 것이 없습니다. 모든 것이 기쁨입니다. 길가에 핀 꽃 한 송이도 아름답고, 살랑대는 바람도 고맙고, 밤하늘에 휘영청 뜬 달도 행복입니다. 그렇게 날마다 좋은 날입니다.

그러나 그렇지 못한 사람들은 늘 힘들어하고 괴로워하지요. 왜 그런 걸까요. 바로 쓸데없는 생각을 마음에 두고 있기 때문입니다. 지난 일을 잊지 못하고, 아직 일어나지 않은 일을 미리 걱정하고, 별일이 아닌 것을 괜히 별일로 만들어 크게 생각합니다.

　지금 내가 하고 있는 생각 중에 정말 중요한 것이 있나요? 그렇다면 그것부터 하나씩 적어보세요. 그리고 쓸모없는 나머지 생각들을 하나씩 지워보세요. 그것만으로도 우리는 깨달음에 가까이 다가가고 있는 것입니다. 잊지 마세요. 마음먹기에 따라 언제나 좋은 시절입니다.

무문선사(1183~1260)

중국 남송 때 스님이다. 향주 천룡사에서 출가하였고, 이후 여러 지역을 돌아다니며 배움을 얻었다. 선사는 황제의 만수무강을 기원하며 48칙의 공안을 해설한 《무문관(無門關)》을 편찬하였다.

17

밝게 오면 밝게 치고
어둡게 오면 어둡게 친다
사방팔방에서 오면 회오리처럼 치고
허공에서 오면 도리깨처럼 친다

- 보화선사

明頭來明頭打   명두래명두타

暗頭來暗頭打   암두래암두타

四方八面來旋風打   사방팔면선풍타

虛空來連架打   허공래연가타

중국 당나라의 선승인 보화선사는 일생 동안 요령을 흔들며 방랑한 것으로 알려져 있습니다. 〈임제록〉을 보면 보화선사의 선은 자유분방하고 거침이 없다고 기록되어 있지요. 일생을 방랑했다는 대목에서 느낄 수 있듯이 어디에도 걸림이 없는 무애(無碍)의 삶을 살았습니다.

　살다 보면 마음의 평정을 유지하기 힘든 때가 있습니다. 도를 닦는 수행자도 그렇고, 제자를 가르치는 스승도 그렇고, 자식을 키우는 부모 역시 마찬가지입니다. 늘 같은 마음으로 세상을 바라볼 수 없고, 한결같은 마음으로 사람을 대하기 힘든 것이 사실이지요.

　보화선사는 그 특유의 걸림 없는 삶을 이 시에 표현했습니다. 아무리 마음을 갈고 닦아도 늘 평화롭기만 할 수 없습니다. 잔잔한 강물 위에도 바람이 불면 물보라가 치고, 나뭇잎이 떨어지면 파동이 입니다. 가만히 있는다고 가만히 있을 수는 없다는 말이지요. 마음에 생기는 잡념과 번뇌의 씨앗들은 저마다 특색이 있는데, 보화선사는 마음을 흔드는 생각들을 그 특색에 따라 사정없이 쳐서 부수어버리라고 말합니다.

그 생각들이 밝음에서 오면 밝음으로 치고, 어둠에서 오면 어둠으로 치라는 것이 보화선사의 말씀입니다. 사방 팔방 허공 위아래 어떤 삶의 고난이 오더라도 이겨내고 쳐내라고 말합니다. 힘든 시기를 겪고 있는 자녀들에게, 어려움에 부닥친 사람들에게, 마음을 힘들게 하는 모든 생각과 고민, 번뇌와 정면대결해서 승리하기를 권합니다.

먼 훗날 돌아보면 고난도 추억이 되고, 어려움도 낭만이 되지요. 부디 지금의 삶이 고달프더라도 생각을 바꾸고 마음을 바꿔 먹길 바랍니다. 머리로 만든 상상 속 고통과 잡념은 탁탁 쳐 버리고 힘차게 살아가기를 바랍니다.

보화선사(생몰년 미상)

중국 당나라 때 스님이다. 반산 보적의 교화를 받아 깊은 깨달음을 얻었다. 성격과 말이 특이한 기인이었다. 돌아다니며 걸식하다가 스스로 관에 들어가 죽었다고 전해진다.

18

깊은 산에 홀로 앉아있으니
만사가 부처님 말씀이요
온종일 사립문 닫아걸고
나지 않는 법을 배운다
일생을 돌아보니 남은 물건이 따로 없고
차사발 하나와 햇차
그리고 한 권 경전뿐이로구나

- 부휴선사

獨坐深山萬事經　　독좌심산만사경

掩關終日學無生　　엄관종일학무생

生涯點檢無餘物　　생애점검무여물

一椀新茶一卷經　　일완신다일권경

참으로 단출한 수행자의 살림입니다. 어느 스님은 말씀하셨습니다. 가진 것이 없어서 더 행복하다고요. 무언가를 갖게 되었을 때에만 행복함을 느끼는 사람들은 잘 이해하지 못할 수도 있습니다. 그러나 가지지 않았을 때 느끼는 행복도 분명 존재합니다.

법정스님이 그러셨습니다. '이게 없으면 죽는다'는 것만 빼고는 갖지 말라고요. 수행자들이야 당연하지만 속세를 살아가는 중생들은 그럴 수는 없지요. 하지만 간소화하는 습관을 길러야 합니다. 자꾸 비우고 버리는 연습을 해야 합니다.

캐런 킹스턴의 《아무것도 못 버리는 사람》이라는 책에 이런 글이 나옵니다.

"에너지가 침체될 때 잡동사니가 쌓이며, 마찬가지로 잡동사니가 쌓일 때 에너지가 침체된다. 따라서 잡동사니가 쌓이기 시작할 때는 무언가 우리의 삶에 문제가 생겼음을 암시하는 것이다. 그리고 그것이 쌓이면 쌓일수록 정체된 에너지를 불러오기 때문에 곧 그 자체가 문제가 되고 만다."

모으고 쌓는 것이 좋은 일도 옳은 일도 아닙니다. 더 많은 걸 가지려고 할수록, 더 많은 걸 누리려고 할수록 삶은 더욱 복잡해지고 불편해지고 힘들어집니다. 비우고 버려보세요. 그러면 마음도 삶도 홀가분해집니다.

부휴선사(1543~1615)

조선 중기의 스님이다. 20세에 지리산에 들어가 신명에게 출가했다. 평생 동안 700명이 넘는 제자를 두었으며, 임진왜란 이후 불교계의 법맥을 크게 세웠다.

19

하나를 버리고 일곱을 얻으니
이 세상 어디에도 비교할 사람 없네
계곡 물소리 끊긴 곳까지 천천히 걸어가
새들이 날아간 자취를 마음대로 찾아보네

- 설두중현

去却一拈得七　　　거각일염득칠

上下四維無等匹　　상하사유무등필

徐行踏斷流水聲　　서행답단유수성

縱觀寫出飛禽跡　　종관사출비금적

대개 사람들은 아홉을 가지고 있으면서도 열을 채우고자 합니다. 아흔아홉을 가지고 있으면서도 백을 채우기 위해 모자란다 말합니다. 천을 채우고 만을 채워도 늘 부족한 셈입니다. 세상에서 가장 가난한 사람이지요. 천석꾼에게는 천 가지 고민이 있고 만석꾼에게는 만 가지 고민이 생기는 법입니다.

평생 돈만 모으며 강남에 수백 억짜리 빌딩을 지닌 60대의 남자가 어느 날 췌장암 말기 선고를 받고 병원을 찾았습니다. 봄날 병실 창밖으로 진달래꽃이 만발하고 새들이 날아드는 것을 보고 눈물을 흘리며 말했습니다.

"진달래꽃 빛깔이 저렇게 환하고 아름다운지 처음 알았습니다. 새들의 지저귐이 이토록 천진하고 자유로운지 처음 알았습니다."

육십 평생 동안 돈만 벌고 돈만 보았던 것입니다. 그는 자신이 세운 빌딩을 유지하고, 그 속에서 일어나는 수많은 문제들로 고민하며 밤잠을 자주 설쳤다고 합니다. 양쪽 미간에 주름이 잔뜩 잡혀있었습니다. 그는 자신이 곧 죽을 거라는 충격적인 사실에 처음에는 화를 내고 받아들이지 못했지만 얼마 지나지 않아서 마음을 내려놓고 편해질 수 있었다고 합니다. 바로 한 가지, 집착을 버린 것입니다.

"한 가지를 버리니 얻어지는 것이 참 많습니다."

죽을 때까지 무엇 하나 내려놓지 못하고 가는 사람이 대부분인데 그나마 호탕하게 놓을 줄 아는 분이었습니다. 위에 소개한 시처럼 하나를 버리고 마음의 평온을 얻은 것입니다. 지금쯤 아무것도 걸리지 않는 곳에서 훨훨 자유롭기를 바라며 설두스님의 시를 떠올렸습니다. 이 시를 읽는 모든 분들이 아까워서, 아쉬워서 내려놓지 못한 집착에서 자유로워질 수 있기를 기도하겠습니다.

설두중현(980~1052)

중국 송나라 선승이다. 설두는 머물렀던 산 이름을 딴 것이다. 부모를 여의고 어릴 때 출가했으며, 시문에 능했다고 전해진다.

20

마음에 작은 티끌 하나도 일으키지 말라
생각을 일으키는 순간 진짜를 잃어버린다
달마가 서쪽에서 온 까닭을 알고자 하는가
꽃 떨어지고 새 우는 온 산에 봄이로구나

- 의첨선사

心頭不許到纖塵　　　심두불허도섬진

裳涉思惟便失眞　　　상섭사유변실진

要識西來端的意　　　요식서래단적의

落花啼鳥滿山春　　　낙화제명만산춘

마음을 흔드는 것은 무수한 잡념입니다. 마음을 수행하는 사람에게는 티끌처럼 작은 생각도 큰 방해가 될 수 있습니다. 마음을 아무리 잘 갈고 닦아도 뜻밖의 일을 당하게 되면 평정을 유지하는 것은 쉽지 않습니다.

마음이 복잡한 사람은 밥을 먹다가 속이 조금만 답답해도 큰 병에 걸렸나 걱정하고, 교통사고 뉴스만 나와도 혹시 내가 탄 차도 사고가 나지 않을까 염려합니다. 오늘이 아니라 내일을 더 걱정하고, 일어나지 않은 일들을 상상으로 만들어내 스스로 피곤해합니다.

인간은 그저 가만히 있어도 걱정과 근심이 가득한 존재입니다. 우리네 세상살이가 안심하고 안도하기보다는 걱정하고 번뇌하는 것이 사실이지요. 밖에서 보면 부러울 것 없이 풍족해 보이는 사람도 안을 들여다보면 저마다 고충이 있고 아픔이 있습니다. 우리의 삶을 가만히 들여다보면 공통된 것이 하나 있는데요. 바로 스스로 지옥을 파고 있다는 것입니다.

생각만 바꿔먹으면 쉽게 지나칠 수 있는 일인데 굳이 끌어안고 힘들어 합니다. 마음만 바꾸면 달라질 일들인데

굳이 크게 키워 고통스러워합니다. 마음속 작은 티끌 하나도 일으키지 마십시오. 생각을 일으키는 순간 잔잔했던 마음이 흔들리기 시작합니다. 고민이 많을수록 불행할 뿐입니다. 그저 마음 수행에 힘쓰십시오. 고달프고 어려운 세상살이 걱정일랑 던져버리세요.

예로부터 마음 법을 전해주는 고승을 선사라고 불렀습니다. 사람들을 깨달음으로 이끌 수 있을 만큼 수행에 정진한 스님을 이르는 말이지요. 이런 스님들조차도 마음 수행을 살뜰히 합니다. 저 역시 마찬가지입니다. 티끌 같은 잡념이라도 마음을 흔드는 번뇌의 불씨가 됩니다. 불씨 마음을 잘 다독이고 지혜롭게 다스리면 일생을 행복하게 살 수 있습니다.

의첨선사(1746-1796)

조선시대 스님이다. 18세에 용연사에서 공부를 하다가 깨달음을 얻고 출가하였다. 당대 고승들을 찾아다니며 많은 가르침을 얻었다.

21

작년의 가난은 가난도 아니고
금년의 가난이 진짜 가난이네
작년에는 송곳 하나 꽂을 땅도 없었으나
금년에는 그 송곳조차도 없구나

- 향엄선사

去年貧、未是貧　　거년빈, 미시빈

今年貧、始是貧　　금년빈, 시시빈

去年貧、無卓錐之地　거년빈, 무탁추지지

今年貧、錐也無　　금년빈, 추야무

무척 가난하다는 것을 표현할 때, 우리는 흔히 '송곳 하나 꽂을 땅도 없다'라고 말합니다. 이 말은 중국 향엄선사의 시에서 유래되었습니다.

저는 많은 사람들에게 '가난하기'를 권합니다. 무슨 말이냐고요? 생존을 위협하도록 빈곤하게 살라는 말은 결코 아닙니다. 다만, 필요 없는 것을 욕심내지 말라는 것입니다. 가진 것을 최소한으로 줄이고, 이미 가지고 있는 것에 감사하는 마음을 내라는 것이지요.

수행자에게 가난함과 청빈함은 당연한 것입니다. 그래서 저는 향엄선사가 말하는 가난을 '마음의 애착이 없는 상태'라고 이해했습니다. 금년이 작년보다 더 가난하다는 것은 그만큼 버리고 또 버렸다는 뜻일 겁니다. 송곳 하나 꽂을 땅도 없을 만큼 가난하다는 것은 마음에 물욕이 들어와 머무를 자리가 전혀 없다는 것이고요.

인간의 욕망에는 끝이 없습니다. 원하면 원할수록, 욕심내면 낼수록 점점 더 커집니다. 그렇기 때문에 저는 '자발적 가난'을 실천하라고 말합니다. 삶의 속도를 늦추고 쓸데없는 것은 과감히 덜어내고 버려보세요. 마음은 더없이 편안해지고 풍요로워집니다.

　지금 여러분의 삶은 어떻습니까. 작년보다 올해 더 가난해지셨나요?

항엄선사(?~898)

당나라 때 스님이다. 산속에서 조약돌이 대나무에 부딪치며 나는 소리를 듣고 깨달음을 얻어 개오시를 읊었고, 후에 이것이 항엄격죽이라는 화두로 탄생하기도 했다.

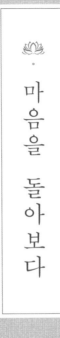

마음을
돌아보다

마음먹기에 따라 달라지는 삶에 대하여

22

육신이 실체가 없는 것을 보면
부처를 보는 것이요
마음이 허깨비 같은 줄 알면
부처를 아는 것이네
몸과 마음의 본성이 공한 것을 체득하면
이 사람은 부처님과 하나도 다르지 않다네

- 구류손불

見身無實是佛身   견신무실시불신

了心如幻是佛幻   요심여환시불환

了得身心本性空   요득신심본성공

斯人與佛何殊別   사인여불하수별

"무엇이든지 마음의 눈으로 볼 때 가장 잘 볼 수 있다. 가장 중요한 것은 눈에 보이지 않는다." 이 말은 생텍쥐페리의 《어린왕자》에 나오는 말입니다. 같은 얼굴의 수천 송이 장미꽃을 보며 자신이 키우는 오직 한 송이의 장미꽃이 특별한 이유에 대해 말하고 있는 문장이죠. 어린 왕자가 말한 '마음의 눈'이란 대목은 독자들에게 많은 여운을 남겼습니다.

우리 일상도 마찬가지입니다. 매일 반복되는 일상에 어제와 다름없는 오늘이지만, 하나하나 의미를 두면 특별해지기 마련이지요. 반복되는 매일 속에서 우리는 보이는 것 그대로만 보고 사는 게 아니라 더 멀리 바라볼 줄 알아야 할 것입니다. 바로 눈앞에 보이는 현상과 모양 말고도 봐야 할 것들이 많다는 것을 깨달아야 합니다.

어린왕자는 수천 송이의 장미꽃을 보는 것이 아니라 '특별한 장미'를 보려고 했습니다. 마음을 주고 길들인 장미꽃 말이지요. 어린왕자가 평범한 장미꽃을 특별하게 보았던 것처럼 우리도 평범한 인생을 특별하게 생각할 줄 알아야 합니다.

눈에 보이는 현상만 보지 말고 마음으로 그 너머를 살펴봐야 합니다. 내면의 본질적인 것은 눈에 보이지 않습니다. 그러니 드러나는 현상만 보고 판단하여 경솔하게 단정하지 마세요. 상식의 한 겹 안쪽을 보게 되면 기적 같은 일들이 지천입니다.

구류손불

과거 세상에 출현한 일곱 부처님 중 제 4불로 네 번째에 해당하는 부처님이다. 약 4백만 년 전 출현한 부처님으로 시리수 아래에서 성불하였다고 한다. 그리고 한 번 설법할 때 약 4만 명을 교화시켰다고 전해진다.

23

머리는 희어져도 마음은 그렇지 않다고
옛사람이 일찍이 알려주지 않았던가
이제 막 닭 우는 소리를 듣고
장부가 해야 할 일을 모두 마쳤네
홀연히 나를 깨달아 알고 보니
모든 것이 다만 이렇고 이럴 뿐
천만금 보배와 같은 대장경도
본래 한 장의 백지일 뿐이네

- 서산대사

髮白非心白 　　　발백비심백

古人曾漏洩 　　　고인증루설

今聞一聲鷄 　　　금문일성계

丈夫能事畢 　　　장부능사필

忽得自家處 　　　홀득자가처

頭頭只此爾 　　　두두지차이

萬千金寶藏 　　　만천금보장

元是一空紙 　　　원시일공지

인간은 사회적 동물입니다. 사회적 동물의 가장 중요한 조건은 바로 '관계'라고 할 수 있습니다. 우리는 인간관계를 통해 소속감을 다지고, 유대감을 형성합니다. 인간관계란 물질적인 것과 정신적인 것을 고루 나누며 넓어지거나 깊어지는데요. 우리는 관계 속에서 이익을 따지며 계산하기도 하고, 앞뒤 가리지 않고 마음을 나누기도 합니다. 머리와 마음이 나누는 관계의 차이가 발생하는 것이죠.

머리가 생각하는 관계는 확실한 '기브 앤 테이크(give and take)'입니다. 내가 주면 받는 것이 당연하고, 내가 받으면 주는 것이 당연하다는 거죠. 이는 부모와 자식 관계에서도 발생하고, 친구나 연인 사이 또는 직장 내에서도 발생합니다. 하지만 인간을 이루는 것은 머리뿐만이 아닙니다. 마음이 하는 관계는 다른 종류라고 할 수 있습니다.

가장 가까운 예로 갓난아기를 품에 안은 어머니는 아기에게 젖을 물리는 데 계산하지 않습니다. 내가 젖을 주면 아기는 나에게 뭘 해줘야 해, 그렇게 따지거나 바라지 않는 것이죠. 온전히 사랑으로 아기를 보살피고 키웁니다.

TV를 보다가 기아에 시달리는 먼 나라 아이들의 실상을 접했다고 합시다. 우리는 가장 먼저 아이들의 배고픔을 보고 '불쌍하다'고 생각할 것이고 '그들을 돕고 싶다'는 마음을 갖게 됩니다. 머리가 두드리는 계산보다 마음이 훨씬 더 앞서는 것이지요.

서산대사는 머리카락은 희어지지만 마음은 늙어지지 않는다고 했습니다. 닭이 우는 소리만 듣고도 깨달음을 얻는다고 하였지요. 몸은 늙어져도 마음은 늙지 않는 지극히 당연한 논리를 깨닫는 순간 삶이 달라집니다. 수많은 가르침을 담은 대장경도 원래는 하나의 빈 종이라는 것을 깨우치는 순간 우리는 삶을 진정 이해할 수 있습니다.

서산대사(1620~1604)

조선 중기 스님이다. 성균관에서 공부를 했고 이후 지리산에 들어가 출가했다. 임진왜란 당시 73세의 고령에도 불구하고 승병을 모집해 왜적을 물리치는 데 큰 공을 세웠다. 조선 불교가 조계종으로 일원화하는 데 기틀을 마련했으며 유(儒)·불(佛)·도(道)는 일치한다고 주장하였다.

24

산기슭 마르지 않는 샘물을
산중 스님들께 공양드리오니
저마다 바가지 하나씩 들고 오셔서
빠짐없이 둥근 달을 건져가소서

- 서산대사

無窮山下泉　　　무궁산하천

普供山中侶　　　보공산중려

各持一瓢來　　　각지일표래

總得全月去　　　총득전월거

출가한 스님들이 가장 많이 받는 질문은 아마도 "왜 출가를 결심하게 되셨나요?"가 아닐까 합니다. 대부분의 신도가 스님에게 한번쯤 물어보고 싶은 질문이겠지요. 불교 신자가 아니라도, 속세와 인연을 끊고 머리를 깎은 종교인을 궁금한 눈으로 바라보는 분들을 많이 만났습니다.

저마다 출가를 선택한 이유가 있겠지만, 불가의 길을 걷는 스님들은 대부분 한뜻을 품고 있습니다. 끊임없이 수행하고 도를 닦아 깨달음을 얻는 것, 그리고 그 깨달음을 통해 중생들이 윤회에서 벗어날 수 있도록 돕는 것입니다.

이 시는 조선시대의 스님인 서산대사의 작품인데요. 수행하는 스님과 깨달음에 대해 많은 생각을 하게 합니다. 우리 삶을 시원하게 적셔줄 맑은 샘물이 쉬지 않고 넘쳐나는데 사람들은 알지 못하고 살아갑니다.

아무리 하찮은 것도 귀하게 여기고 그 가치를 알아보는 사람이 있다면 그건 바로 도를 닦고 행하는 사람일 것입니다. 한없이 솟는 샘물을 마음껏 떠 마시는 사람은 오직 산중의 스님들뿐입니다. 스님들이 기쁘게 물을 마시니 그제야 사람들도 그 귀함을 깨닫게 됩니다. 저마다 바가지를 들고 와서 물을 뜨는데요. 사람들이 건져 올린 것은 물이 아닌 깨달음이라는 달이었습니다.

이 시는 단순히 물을 마시는 것이 아니라 도를 실천하고 중생을 깨닫게 하는 산승의 마음을 반영했습니다. 부처의 눈에는 부처만 보인다고 하지요. 제 마음속에 부처님이 계시니 그저 가벼운 시 한 구절이 깨달음에 대한 시처럼 느껴집니다. 삶의 의미는 하나하나 곱씹어 봐야 참된 뜻을 이해할 수 있습니다. 모두 삶 속에서 바가지 안에 달을 건져 올릴 수 있는 마음을 가지시길 바랍니다.

서산대사(1620~1604)

조선 중기 스님이다. 성균관에서 공부를 했고 이후 지리산에 들어가 출가했다. 임진왜란 당시 73세의 고령에도 불구하고 승병을 모집해 왜적을 물리치는 데 큰 공을 세웠다. 조선 불교가 조계종으로 일원화하는 데 기틀을 마련했으며 유(儒)·불(佛)·도(道)는 일치한다고 주장하였다.

25

조각배 하나 거친 바다에 떠있는데
천만번 흔들리고 파도는 더욱 높네
본래부터 이 배에는 아무것도 없거늘
무엇 때문에 파도는 저리 사납게 치는가

- 원감국사

飄然一葉泛風濤　　표연일엽범풍도

萬抗千搖浪轉高　　만항천요랑전고

本自舟中無一物　　본자주중무일물

陽候惱殺也從勞　　양후뇌살야도로

바다 위를 떠다니며 천만 번 흔들리는 조각배가 우리네 인생이 아닌가 생각합니다. 하루하루 평화롭고 평탄하기만 할 수는 없지요. 화가 날 일도 생기고, 욕먹을 일도 생기고, 웃을 일도 생기고, 울 일도 생기는 것이 인생입니다. 가만히 있어도 세상 풍파에 이리저리 비틀거리는 것이 조각배와 닮았습니다.

이 시는 고려시대에 문장과 시로 유심의 추앙을 받았던 원감국사의 작품입니다. 바다 위의 배는 천 번이고 만 번이고 파도에 치이고, 바람에 흔들리며 기울어졌다 바로 섰다 합니다. 바다 위를 떠다니는 조각배를 멀리서 바라보면 그저 아름다운 풍경처럼 보이겠지만, 가까이서 바라보면 그 위태로움이 상당하다는 것을 알 수 있지요.

이것이 우리네 인생과 닮지 않았나 생각합니다. 찰리채플린은 말했습니다. 인생은 멀리서 보면 희극, 가까이서 보면 비극이라고요. 멀리서 보면 힘들었던 지난 시절이 아름답게 추억되지만, 힘든 시기를 살아내야 했던 그 시간엔 아름답기보다 괴로움이 더 큽니다.

인생은 바다요, 조각배는 우리 몸과 마음 같습니다. 파도가 칠 때마다 계속 나뒹굴고 치이지요. 인생이 이토록 흔들리는 것은 무엇 때문일까요. 그 조각배 안에는 무엇이 들어있을까요. 배 위에 금은보화가 들어있더라도 파도에 치이면 모두 쏟아져 사라질 것이고, 처음부터 텅빈 배였더라도 시간이 흐르면 바람이 쌓이고 햇빛이 쌓일 것입니다. 몇 백 년 전 고려에 살았던 원감국사의 시를 읽어 보면서 우리네 삶에 대해 고민해봅니다.

원감국사(1226~1293)

9세에 공부를 시작하였고, 19세에 장원급제를 하였다. 28세에는 선원사의 원오국사의 가르침 아래 스님이 되었다. 불교의 삼장(三藏)과 사림(詞林)에 이해가 깊었고, 무념무사(無念無事)를 으뜸으로 삼았다. 뛰어난 문장가로 많은 작품을 남겼으며, 61세에 원오국사 뒤를 이어 수선사의 6세 법주가 되었다.

26

항상 마음은 뚜렷하게 하고
입은 침묵하라
어리숙한 사람과 도반하면
반드시 깨칠 것이다
송곳처럼 뾰족한 생각을
감추게 하는 스승이
사람을 다루는 진정한
명수가 아니겠는가

- 진각국사

心常了了口常黙　　심상요요구상묵

且作伴痴方始得　　차작반치방시득

師帒藏錐不露尖　　사대장추불노첨

是名好手眞消息　　시명호수진소식

헬조선(hell朝鮮). 요즘 가장 많이 언급되는 키워드가 아닐까 생각합니다. 헬조선이란 한국 사회를 지옥으로 비유한 신조어지요. 신분사회였던 조선시대처럼 소득수준에 따라 계급이 나뉘는 우리의 현실이 그대로 반영된 말이기도 합니다. 태어난 순간부터 금수저와 흙수저로 나누어지고, 가난이 대물림되며, OECD 국가 중 가장 높은 자살률을 기록한 나라 대한민국. 우리는 진짜 지옥에 살고 있는 걸까요?

삶을 가만히 바라보면 웃는 날도 많습니다. 지금 우리 삶이 진짜 지옥불구덩이 속처럼 끔찍하기만 한 것은 아닙니다. 지옥이라는 글자에 가려 잘 알아보지 못했을 뿐이지 모든 삶이 진정 고난과 고통만은 아닙니다. 진짜 마음먹기에 따라 달라지는 것이 인생입니다.

고려시대 스님 진각국사는 모든 고통은 마음에서 시작된다고 생각했습니다. 마음 수행의 가장 기본이 항상 밝고 긍정적으로 생각하고 행동하는 것이었습니다. 그것이 도의 기본이라 생각했던 것이지요. 항상 말을 아끼고, 어리숙한 사람과 함께 해야 한다고 믿었습니다. 마음이 지옥을 만들어냈듯, 마음이 극락을 만들 수도 있는 것이니까요.

인생이 마음먹기에 따라 달라지듯 사람을 대하는 일도 마음먹기입니다. 욱하는 마음, 순간순간 찾아오는 나쁜 마음, 날카롭고 뾰족한 생각들을 남에게 보이지 않고 사는 것이야말로 참된 스승이요, 제대로 살아가는 일입니다. 인생이 고달프고, 밥벌이가 힘든 것은 고려시대나 지금이나 달라지지 않았습니다. 다만 아무리 지옥불 같은 현실이라도 어떤 마음으로 살아가느냐에 따라 달라진다는 것을 잊지 마십시오.

진각국사(1178~1234)

고려시대 스님이다. 출가를 반대하던 어머니가 돌아가시면서 머리를 깎았다. 명예에 눈멀어 헐뜯고 다투는 스님들의 잘못에 경종을 울렸고, 불도의 타락을 불러오던 고려왕실의 잘못된 신앙을 타파하며 교화하는데 힘썼다.

27

마음이 생겨나면
가지가지 법도 생겨나고
마음이 사라지면
감실과 무덤도 둘이 아니네
삼계는 오직 마음이요
만법은 오직 의식이라
마음밖에 법이 없으니
어찌 따로 구할 것인가

- 원효대사

心生故種種法生　　　심생고종종법생

心滅故龕賁不二　　　심멸고감분불이

又三界唯心萬法唯識　우삼계유심만법유식

心外無法胡用別求　　심외무법호용별구

세상에서 가장 무서운 것은 무엇입니까? 저는 종종 사람들에게 이렇게 물어봅니다. 그러면 어떤 사람은 귀신, 어떤 사람은 벌레, 또 다른 사람은 호랑이나 사자라고 대답합니다. 그렇게 무서움의 실체는 저마다 다른 것 같지만, 가만히 들여다보면 이 모든 건 그저 '생각'에서 비롯된 하나가 아닌가 싶습니다.

귀신이 있을 것이다 하는 두려움, 벌레는 무조건 무섭다고 생각하는 고정관념 같은 것이지요. 어쩌면 우리는 정확한 실체도 모른 채 생각에 속고 있는지도 모릅니다. 그래서 저는 세상에서 가장 무서운 것을 꼽으라 하면 바로 '잘못된 생각'인 것 같습니다.

인디언 격언에는 이런 말이 있습니다. "생각은 화살처럼 날아가 적을 맞춘다. 그러나 조심하지 않으면 자신이 쏜 화살에 자신이 맞아 쓰러질 수 있다." 이렇듯 생각의 힘은 무섭습니다. 생각하는 대로 들리고, 생각하는 대로 보이고, 생각하는 대로 느껴지기 때문입니다.

원효대사의 해골 물 일화는 너무나 유명합니다. 한밤중 목이 말라 마신 꿀 같은 물이 알고 보니 해골 물이었다는 이야기입니다. 원효대사는 이때 큰 깨달음을 얻었고 위와 같은 선시를 남겼습니다. 부처님 말씀인 일체유심조(一切唯心造)와 같습니다.

"마음먹기에 달렸다." 정말 단순한 말이지만 이 힘은 어마어마합니다. 심리학에는 플라시보 효과라는 것이 있습니다. 의학계에서도 자주 사용되는 용어인데요. 실제론 효과가 전혀 없는 약이지만, 효과가 있다고 믿었을 경우 신기하게도 병이 호전되는 효과를 말합니다. 물론 반대의 경우도 있습니다. 아무리 좋은 효능의 약이더라도 약을 복용하는 환자가 병이 낫지 않을 거라는 부정적인 생각을 하면 상태가 호전되지 않는 경우를 말합니다.

생각과 마음가짐의 힘이 얼마나 큰지 새삼 깨닫게 됩니다. 명심하세요. 생각한 대로 삶은 흘러갑니다. 여러분은 오늘 어떤 생각을 하셨나요.

원효대사(617~686)

신라시대의 고승이다. 의상대사와 함께 바다를 건너 입당하기 위해 가던 중, 잠시 밤을 보냈던 동굴에서 해골에 고인 물을 마시고 깨달음을 얻었다고 전해진다. "진리는 결코 밖에서 찾는 것이 아니라 자기 자신에게서 찾아야 한다"고 말했다.

28

항상 깨달음의 눈을 부릅뜨고 있으니
생사의 오고 가는 길에 걸림이 없네
맑은 바람이 태허에 불어오니
만고에 하나의 도만이 활발할 것이네

- 경일선사

常開頂門眼   상개정문안

不關生死路   불관생사로

淸風吹太虛   청풍취태허

萬古活一道   만고활일도

얼굴에 있는 두 눈은 시야의 사물과 상대방을 보지만 마음의 눈은 보이지 않는 사람의 진심이나 자연의 내면을 바라봅니다. 이 시가 말하는 머리 위에 눈은 바로 '진리'와 '지혜'의 눈입니다. 당장 눈앞에 보이는 것보다 보이는 것 너머를 바라보며 살아야 한다고 말하는 작품이지요.

이 시는 경일선사가 세상을 떠나기 전에 남긴 열반송입니다. 이미 이 책 속에는 큰스님들이 생전 마지막으로 남긴 열반송들이 많이 담겨있는데요. 오래도록 수행하며 마음을 닦은 스님들이 죽음을 어떻게 대했고, 죽음 너머를 어떻게 바라보았는가 엿볼 수 있습니다. 살면서 한번쯤은 모두 죽음에 대해 생각해봤을 겁니다. 가까운 친척이나 가족의 죽음을 간접적으로 경험해보기도 했겠지요. 그 죽음 앞에 아프고, 슬프고, 괴로우셨을 겁니다. 하지만 죽음이 과연 끝일까요?

이 시가 말하는 눈앞의 일들 말고, 더 멀리 그 너머를 바라보면 좋겠습니다. 사바세계라고 하지요. 당장의 번뇌와 머리를 어지럽히는 고민들로 세상살이가 힘든 것은 모두 마찬가지입니다. 그러나 또 다른 눈으로 세상을 바라보면 모두 마음먹기에 따라 달라집니다.

모든 집착과 차별을 떠나 진리를 밝히며 슬기롭게 보는 눈을 혜안(慧眼)이라고 합니다. 도를 닦는 스님들에게만 혜안이 필요한 것이 아닙니다. 중생들에게도 이런 혜안이, 머리 위 진리와 지혜를 보는 또 다른 눈이 필요합니다. 살다보면 그 혜안으로 살펴보아야 할 때가 참 많습니다. 지혜의 눈으로 이 세상을 바라볼 수 있다면, 태어나고 떠남이 무슨 상관있을까요. 가난과 부가 무슨 차이일까요. 남과 비교하는 것이 무슨 의미일까요. 이 열반송은 죽음 너머를 바라보며, 삶 그 너머를 바라보며, 오랜 수행 끝 깨달음 전하고 있습니다. 모두 머리 위의 또 다른 눈을 밝히며 혜안을 얻으시길 바랍니다.

경일선사(1636~1695)

모친의 꿈에 한 부처가 나타나 아들이 되기를 청하였는데, 그 뒤 잉태되었다고 한다. 7세에 모친상을 당하였고, 지리산 스님이 우연히 보고 '도를 깨우칠 상'이라 하여 부친의 허락을 받고 출가시켰다. 유자, 노자 등 학문에 두루 통달해 당세의 명사들과 교류하였고 강론이나 법회를 할 때마다 수백 명이 모여들었다.

29

가을의 국화 봄 대나무 다른 물건 아니며
밝은 달 맑은 바람 번거롭지 않다네
이 모두가 본래부터 내 물건이니
손 닿는 대로 가져와 마음껏 쓰네

\- 백운선사

黃花聚竹非他物　　황화취죽비타물

明月清風不是塵　　명월청풍불시진

頭頭盡是吾家物　　두두진시오가물

信手拈來用得親　　신수염래용득친

우주에는 영원히 퍼다 쓰고도 남을 무한한 좋은 에너지가 있습니다. 그 에너지를 퍼다 내 것으로 쓸 수 있는 사람은 얼마나 행복할까요? 제가 생각하기에 이 에너지를 가져다 쓰는 멋진 일을 하는 사람은 아마 '예술가'가 아닐까 싶습니다.

섬진강 시인으로 널리 알려진 김용택 시인은 "자연이 말하는 것을 받아쓰니 한 편의 시가 되었다"라고 말했습니다. 그러면서 시인이 되고 싶어 하는 많은 학생들에게 이렇게 조언하기도 했습니다. "하늘에 떠가는 구름을 보는 것이 진짜 공부다."

많은 예술가들은 이야기합니다. 자연에게서 영감을 받고, 자연을 재료 삼아 예술 한다고요. 그렇게 자연은 글로, 그림으로, 음악으로, 또 다른 예술로 재탄생됩니다. 이얼마나 멋지고 근사한 일인가요.

사실 우주를 퍼다 쓰는 건 그리 어려운 일이 아닙니다. 길가에 핀 한 송이 들국화 향기를 맡았을 때 '아! 향기가참 좋다!' 이렇게 느끼면 그 순간 국화 향기는 내 것이 됩니다. 밝은 달빛을 보며 '아! 환한 달빛이 참 좋다. 마음이 저절로 밝아지는구나.' 그 순간 이미 나는 달빛을 가진 것입니다. 이렇게 생각할 수 있다면 온 우주가, 온 자연이 내 것입니다. 그러니 그것들을 즐겁게 마음껏 가져다 쓰시길 바랍니다.

백운선사(1299~1374)

고려 말의 스님이다. 전국의 유명한 사찰을 돌아다니며 수행을 했다. 이후 중국으로 가 10년 동안 석옥 청공선사에게 임제종의 선법을 전수 받았다.

30

구름이 흘러 다녀도 하늘은 부동하고
배가 떠갈 뿐 언덕은 그대로 있네
본래부터 아무것도 없는데
어디에서 기쁨과 슬픔이 생겨나리오

- 편양선사

雲走天無動   운주천무동

舟行岸不移   주행안불이

本是無一物   본시무일물

何處起歡悲   하처기환비

사람들 속에 있어도 사랑에 빠진 사람과 실연을 겪은 사람은 단번에 알 수 있습니다. 사랑에 빠진 사람의 얼굴에선 미소가 떠나질 않습니다. 온 세상이 온통 꽃밭입니다. 모두가 나의 연인처럼 아름답고 향기롭고 달콤합니다. 모두에게 나의 연인처럼 다정하고 따뜻하고 어여쁘게 대합니다.

하지만 이별의 슬픔에 빠진 사람은 낯빛이 어둡고 우울해 보입니다. 실연을 당한 사람에게 세상은 온통 암흑과 같습니다. 모두가 나의 마음처럼 어둡고 쓸쓸하고 적막합니다. 모두에게 나의 고통만큼 모질고 냉정하게 대합니다. 사실 사랑에 빠졌을 때나 이별했을 때나 세상은 변하지 않고 그 모습 그대로인데도 말입니다.

움직인 것은 구름이지 하늘이 아닙니다. 변한 것은 세상이 아니라 바로 우리 자신인 것입니다. 세상은 절대 변함이 없습니다. 본래 없는 기쁨과 슬픔을 어디에서 찾으려 합니까? 왜 허망한 일에 탓하고 슬퍼하고 좌절합니까?

꽃은 그저 꽃일 뿐입니다. 꽃이 피고 지는 것은 자연의 이치요, 순리입니다. 새는 그저 제 목소리를 내는 것일 뿐이고요. 보는 사람이 웃으면 웃는 것처럼 보이고, 듣는 사람이 울면 우는 것처럼 들리는 것입니다. 그러니 내가 웃으면 온 세상이 웃고 내가 울면 온 세상이 웁니다. 여러분은 어떤 세상에서 사시겠습니까?

편양선사(1581~1644)

조선 중기의 스님으로 11세에 출가하여 서산대사의 제자인 현빈(玄賓)에게 계를 받았다. 임진왜란이 끝날 즈음 서산대사의 법을 이어받아 수행하였고, 이후에는 남쪽 지방으로 내려가 여러 고승들의 가르침을 받았다.

31

도를 배울 때에는
초심을 굳게 지켜 변하지 말고
천만가지 마귀와 난관에도
정신을 또렷이 지켜라
반드시 모름지기
허공의 골수를 두들겨 뽑아내고
금강의 머리통에 박힌 못을
단번에 뽑아버려라

- 원묘선사

學道如初莫變心   학도여초막변심

千魔萬難愈惺惺   천마만난유성성

直須敲出虛空髓   직수고출허공수

拔却金剛腦後釘   발각금강뇌후정

때때로 막 출가했을 당시를 떠올려 보곤 합니다. 저는 고등학교 1학년 때 불교에 심취해 그때부터 약 7년간 절에 열심히 다녔습니다. 불교에 심취했던 이유는 '불교의 가르침'이 너무나 멋지고 근사하게 느껴졌기 때문입니다. 그래서 출가를 결심했을 때 마음 깊숙한 곳에 새겨진 것이 바로 '불교는 멋있다'는 생각이었습니다.

제가 출가를 한다고 했을 때 가족과 주변 친구들은 제가 절에서 오래 못 살 것 같다고 말했습니다. 아무래도 그 당시 저는 하고 싶은 것도 많고 활동적인 욕심 있는 청년이었기 때문입니다.

그러나 많은 사람들의 염려(?)와 달리 제가 출가한 지도 벌써 30년이 지나고 있습니다. 출가한 이후 제 삶이 늘 평탄하기만 했던 것은 아닙니다. 잿빛 승복을 입고 있다고 하여 마음에 번뇌가 일어나지 않는 것은 아니기 때문입니다.

저는 출가 후에 많은 고민을 하며 방황하는 시기를 겪었습니다. 혹시나 불교가 아닌 다른 종교가 더 좋아지면 어떻게 하나 걱정을 한 적도 있습니다. 그러나 다행히도 저는 처음 출가했을 때의 그 '첫 마음'을 잊지 않았습니다. 제 가슴을 뛰게 했던 '불교는 멋있다'는 생각이 늘 제 가슴에 가득차 있었던 까닭입니다.

'첫'에는 많은 의미가 내포되어있습니다. 처음 시작했을 때의 설렘, 순수함, 두근거림, 걱정, 두려움…. 저는 무엇을 하든 그 첫 마음만 잃지 않는다면 참으로 멋진 인생을 살아갈 수 있다고 생각합니다. 혹 지금 어떤 문제나 위기에 봉착해 어려움을 겪고 계신가요. 그렇다면 첫 마음을 떠올리고 그때로 돌아가 보세요. 생각보다 쉽게 문제가 풀릴 수도 있습니다.

원묘선사(1238~1295)
송말원초의 고승이다. 15세에 출가했으며 이후 수행에 정진했다. 1291년 그가 머물렀던 봉우리 아래 대각선사가 건립되었고, 수 만 명의 불도들이 모여들었다. 그중에는 외국의 스님도 있었다고 한다.

32

종일 봄을 찾아도 봄은 안 보여
짚신이 다 닳도록
언덕 위 구름만 따라다녔네
터덜터덜 돌아오는 길에
매화 향에 웃고 보니
매화꽃 가지에 벌써 봄이 한창인 것을

- 작자 미상

盡日尋春不見春　　진일심춘불견춘

芒鞋遍踏壟頭雲　　망혜편답용두운

歸來笑拈梅花嗅　　귀래소염매화후

春在枝頭已十分　　춘재지두이십분

송나라 때 어느 무명 비구니가 지은 시입니다. 선을 말
하는 불가에서는 아주 의미 있는 시로 전해져 내려오고
있습니다. 인도의 까비르라는 시인이 쓴 시에도 이런 비
슷한 내용이 있습니다. '꽃을 보러 밖으로 나가지 마라 /
그대 마음에 온통 만발한 꽃을 보라'

온 세상이 꽁꽁 얼어붙었던 겨울이 지나고 봄이 오면
사람들은 봄꽃을 보고 봄을 느끼기 위해 거리로 쏟아져
나옵니다. 그러나 막상 나가 보면 봄 구경 나온 사람들만
잔뜩 볼 뿐, 한껏 기대했던 봄은 느끼지도 못한 채 집으로
돌아오게 됩니다. 사실 우리가 그렇게 보고 싶었던 봄꽃
은 이미 마당 앞 나무에 피어있고, 봄은 이미 내 마음 안
에 들어와 있는데도 말입니다.

이 시는 눈앞의 진리와 행복은 알아채지 못한 채 괜한
곳에서 엉뚱하게 헤매고 있는 어리석은 마음을 비유하고
있습니다. 진리는 먼 곳이나 아주 특별한 곳에 있지 않습
니다. 작고 낮은 곳, 우리 집, 내 가족, 내 마음 안에 있습
니다. 그것을 알아채지 못하고 찾아 헤매는 진리는, 깨달
음은, 사랑은, 학문은, 행복은 성경구절에 나오는 말처럼

그냥 울리는 징소리와 같을 뿐입니다.

문득 자동차 사이드 미러에 적힌 문구가 생각납니다. '사물은 거울에 보이는 것보다 가까이 있습니다.' 그리고 마음에 이런 글을 새겨봅니다.

'진리와 행복은 생각하는 것보다 가까이 있습니다.'

33

묵은 해니 새해니 구분하지 말게
겨울 가고 봄 오니 해 바뀐 듯하지만
보시게나 저 하늘이 달라졌는가
우리가 어리석어 꿈속에 사네

- 학명선사

妄道始終分兩頭　　　　망도시종분양두

冬經春到似年流　　　　동경춘도사년유

試看長天何二相　　　　시간장천하이상

浮生自作夢中遊　　　　부생자작몽중유

인터넷상에 떠돌아다니는 사진 두 장을 보고 피식 웃었습니다. 바로 새해 헬스장 모습과 한 해 마지막 날 헬스장 모습을 찍은 사진이었습니다. 새해 헬스장 사진에는 사람들로 붐비는 모습이 찍혀있지만, 한 해 마지막 날 사진에는 텅 빈 헬스장의 모습만 있습니다. 아마 많은 사람들이 공감할 것입니다.

신년이 되면 우리는 계획을 세우고 다짐을 합니다. 그래서 연초에는 특히나 헬스장, 학원, 서점가에 많은 사람들로 붐빈다고 하더군요. 새해에는 몸을 가꾸고, 자격증을 취득하고, 자기계발을 하려고 하기 때문이겠지요. 지난해의 아쉬움과 부족함은 털어버리고, 새 마음 새 뜻으로 무언가를 시작하겠다는 의지가 느껴집니다. 그러나 안타깝게도 우리는 시간이 흐를수록 그 '마음'을 잊어버리곤 합니다.

저는 한 해가 가고 새해가 올 때면 '묵은해와 새해는 구분하지 말라'는 학명선사의 이 시를 떠올립니다. 물론 무언가를 마무리하고 새롭게 시작한다는 것도 참 좋습니다. 그때마다 새롭게 마음을 다잡을 수 있고, 어떤 계기를 마련할 수도 있으니까요.

　그러나 이 시에서 말하는 것처럼 근본은 변하지 않습니다. 계절이 변하고, 환경이 달라지고 그렇게 무언가 계속 변하고 있는 것 같지만, 사실 변한 건 없습니다. 하늘을 올려다보세요. 그대로입니다. 정말 중요한 건 변하지 않습니다. 변하는 건 그저 우리 '마음'일 뿐입니다.

학명선사 (1867~1929)

한국 근대불교의 고승이다. 20세에 부모를 잃은 후 인생의 무상함을 느끼고 출가하였다. 불갑사, 구암사, 영원사 등 여러 사찰에서 공부했으며 후학 양성에 힘썼다. 또한 반농반선을 주창하고 몸소 실천하며 살았다.

마
음
을
쉬
게
하
다

지친 마음을 달래는 방법에 대하여

34

냇가에서 발을 씻고
푸른 산을 보니 눈이 맑아지는구나
그깟 영욕 꿈꾸지 않으니
이밖에 무얼 구할 것인가

- 진각국사

臨溪濯我足 　　　임계탁아족

看山淸我目 　　　간산청아목

不夢閑榮辱 　　　불몽한영욕

此外更何求 　　　차외갱하구

우리는 억지로 꾸미지 않아서 이상함이 없는 것, 순리에 맞고 당연한 것을 이야기할 때 자연스럽다고 이야기합니다. '자연스럽다'는 '자연'이라는 명사에 '스럽다'라는 접미사가 붙은 단어입니다. 여기에는 자연의 섭리가 그대로 녹아있습니다.

자연은 서두르거나 늑장을 피우는 법이 없습니다. 봄이 오면 단단하게 언 땅에서 꽃을 피우고, 여름이면 싱그러운 초록을, 가을이면 빨갛고 노란 단풍을 지천으로 물들입니다. 그리고 겨울이면 그저 잎을 떨굴 뿐입니다. 자연은 욕심을 내는 법도 없습니다. 우리에게 많은 것을 아낌없이 베풀어줍니다. 따스한 햇살, 기분 좋은 바람, 시원한 그늘, 포근한 땅을 선물합니다.

인간 또한 그래야 합니다. 자연을 닮고 자연을 배워야 합니다. 있는 만큼 먹고 쓰고 나누어주고 남기고 가야 합니다. 그렇게 소박하고 겸손하게 자연과 하나가 되어야 합니다.

우리 선승들 대부분은 자연과 하나가 되는 삶을 실천했습니다. 필요치 않은 것을 탐내지 않고 자비와 나눔을 행했습니다. 그것이 바로 무소유의 정신이지요. 진각국사의 선시를 읽으며 다시 한번 그 마음을 새겨봅니다. 여러분도 휴일에 가까운 산이나 냇가를 찾아 시냇물에 발 한 번 담그고 선사처럼 이렇게 말해보세요.

"더 이상 무엇이 필요하랴!"

진각국사(1178~1234)

고려시대 스님이다. 출가를 반대하던 어머니가 돌아가시면서 머리를 깎았다. 명예에 눈 멀어 헐뜯고 다투는 스님들의 잘못에 경종을 울렸고, 불도의 타락을 불러오던 고려왕실 의 잘못된 신앙을 타파하며 교화하는데 힘썼다.

35

살아온 날들은 흘러간 물처럼 빠르고
늙어가는 모습은 나날이 백발이 늘어가네
다만 이 한 몸도 내 것이 아니거늘
어찌하랴 이 몸 밖에서
다시 무엇을 구하랴

- 진각국사

行年忽忽急如流   행년홀홀급여류

老色看看日上頭   노색간간일상두

只此一身非我有   지차일신비아유

休休身外更何求   휴휴신외갱하구

바야흐로 백 세 시대라고 하지만 영원히 살 수 있는 사람은 아무도 없습니다. 그렇게 나고 죽음은 무한히 반복되는 것입니다. 그래서 진각혜심은 "지금 이 육신도 온전히 내 것이 아니지만 그래도 이 몸으로 최선을 다하라"라고 말씀하십니다.

'빠름'이 미덕이 되어버린 시대에 '쉼'이란 가깝고도 먼 것이 되었습니다. 매일매일 숨 가쁘게 살아가고 있는 현대인은 누구나 쉼을 갈구하고 있지만, 진정한 쉼을 알고 있는 사람은 많지 않은 것 같습니다. '잘 쉬고 있는가' 하고 물었을 때 자신 있게 '그렇다' 하고 대답할 수 있는 사람은 많지 않을 것입니다.

한병철 교수는 현대사회를 '피로사회'라고 말했습니다. 모든 것이 넘쳐나는 과열된 경쟁사회에서 많은 현대인이 높은 피로감을 호소하며 무기력증에 시달리고 있습니다. 얼마 전에는 이러한 요즘 세태를 꼬집기라도 하듯 '멍 때리기 대회'가 열려 사람들의 이목을 끌기도 했습니다.

그렇다면 쉼이란 무엇일까요. 쉼은 한자로 휴식(休息)입니다. 사람(人)이 나무(木) 그늘에 기대어 쉰다는 뜻의 문자 '휴'와 코(鼻)와 마음(心)이 합해진 숨쉴 '식'자로 이루어져 있습니다. 여기에서 쉼은 육체적인 쉼만을 말하는 것이 아닙니다. 편하게 숨을 쉴 수 있다는 것은 곧 육신과 마음을 쉬게 한다는 뜻으로 연결되기 때문입니다.

흔히들 휴식한다고 할 때 말하는 단순히 놀면서 먹고 보고 듣고 즐기며 시간을 보내는 쉼은 쉼이 아닙니다. 진정한 쉼이란 욕심과 집착을 내려놓고 자기 몸과 마음을 살펴보는 것입니다. 쉼에도 공부가 필요합니다. 하루에 아주 짧은 시간이라도 온전히 나를 마주할 때 '쉼'은 깨달음으로 다가옵니다. 당신은 지금 편안하게 숨을 쉬고 있습니까. 숨 쉬는 것조차 잊고 살지는 않은지요.

진각국사(1178~1234)
고려시대 스님이다. 출가를 반대하던 어머니가 돌아가시면서 머리를 깎았다. 명예에 눈 멀어 헐뜯고 다투는 스님들의 잘못에 경종을 울렸고, 불도의 타락을 불러오던 고려왕실의 잘못된 신앙을 타파하며 교화하는데 힘썼다.

36

땅을 파면 다 물이 나오고
구름 걷히면 푸른 하늘이네
강과 산, 구름 물 땅
어느 것인들 선 아닌 것 있는가

- 묵암선사

地鑿皆生水　　　지착개생수

雲收盡碧天　　　운수진벽천

江山雲水地　　　강산운수지

何物不渠禪　　　하물불거선

선(禪)이란 무엇입니까. 마음을 한곳에 모아 고요히 생각하는 일. 사전적 의미로는 '마음을 가다듬고 정신을 통일하여 무아적정의 경지에 도달하는 정신집중의 수행방법'입니다. 선의 종류는 다양하지만 한국에서는 간화선(화두를 들고 수행하는 참선법)을 핵심 수행법으로 삼고 있습니다.

그러나 여기서 묵암선사가 말하는 선은 생활선에 가깝습니다. 우리가 생활하는 것에 모든 선이 있다는 것입니다. 수십 년 동안 구두만 수리해온 구둣방 할아버지는 구두만 보고도 그 사람의 성격을 알 수 있다고 합니다. 신발 뒤축의 닳은 정도와 상태를 통해 그 사람의 행동거지나 습관, 성격 등을 파악하는 것이겠지요.

이렇듯 모든 언행과 생활습관은 어떻게든 드러나기 마련입니다. 그래서 평소 생활에서 수행을 해야 하고 선이 되도록 노력해야 합니다. 선의 궁극적인 목적이 깨우침이라면 굳이 마음을 모으고 한곳에 앉아 정신을 통일하지 않아도 됩니다. 쌀을 씻다가도 깨우칠 수 있고, 벽에 못을 박다가도 깨우칠 수 있고, 밥을 먹다가도 깨우칠 수 있습니다. 깨우침의 인연은 도처에 널려 있습니다.

땅, 물, 구름, 바람, 하늘, 나무, 꽃… 자연 그 모두가 선이고 선의 메시지를 담고 있습니다. 그 소리들에 귀기울여보세요. 지금 이 순간에도 끊임없이 당신에게 말을 걸어오는 자연의 이야기를 들어보세요.

묵암선사(1717~1790)

조선의 스님으로 당시 크게 활약하였다. 어릴 때부터 배움에 대한 욕심이 강했으며, 14세에는 장광사로 출가하였다. 이후 여러 고승들에게 가르침을 받았으며 선시와 백가에 통달하여 많은 활동을 하였다.

37

봄 산골짜기 시냇물에 목욕을 하니
텅 비고 환히 밝아 다시 씻을 티끌 없다
본래 맑고 깨끗한데 무엇 때문에 씻는가
다만 여러 생 죄업의 몸을 씻을 뿐이네

- 묵암선사

洗沐春山古澗濱   세목춘산고간빈

虛明無復可淟塵   허명무복가전진

本來淸淨何須浴   본래청정하수욕

但滌多生罪業身   단척다생죄업신

서산 부석사 주지로 있을 때 저는 종종 근처 산골짜기 개울가에서 발을 씻었습니다. 아무도 없는 산중 봄 햇빛 아래 차가운 개울물에 발을 담그는 것은 호사였습니다. 새들은 지저귀고, 바람은 청명하고, 머리 위로 내려오는 햇빛은 정신을 닦아내는 듯했습니다. 묵었던 마음을 씻어내는 기분이었습니다. 봄이 아니어도 좋습니다. 기회가 되면 한번 해보세요.

우리는 매일 세수를 하고 몸을 씻는 샤워를 합니다. 그러다가 문득 그런 생각을 해봅니다. 얼굴과 몸은 매일 물로 닦아내는데, 업무와 만남의 관계 속에서 스트레스 받은 때 묻은 마음은 닦아내며 살아가고 있는가. 어떤 방법으로든 마음이라는 것, 정신, 영혼이라는 것을 정화시켜내는 시간이 꼭 필요합니다. 독서를 하는 방법도 있을 것이고, 음악 감상을 하는 방법도 있을 것이고, 잠들기 전 십 분씩 명상을 할 수도 있을 것입니다.

저는 매일 얼굴과 몸을 씻을 때 마음도 함께 닦아내라고 권합니다. 예를 들면 오늘 내가 화를 냈던 마음을 이 물과 함께 씻어내겠다. 너무 욕심이 많고 과했던 생각, 혹은 잘못 판단했던 것들을 몸과 함께 씻어내겠다, 하는 생각 말입니다. 그런 생각만으로도 마음이 충분히 깨끗해질 수 있습니다.

이 시는 수행으로 때를 씻는다는 내용입니다. 몸을 씻는 것이 곧 마음의 욕심을 씻는 일이고, 마음이 깨끗해지면 텅 비고 환히 밝아 씻을 티끌이 없다고 말합니다. 다만 마음에 걸리는 것이 있다면 전생의 업이려니 하고 스스로 참회할 일입니다. 군이 법당에서 기도로 때를 씻지 않아도 됩니다. 그러니 자신이 좋아하는 다른 그 어떤 방법으로라도 닦는 연습을 하세요.

믁암선사(1717~1790)

조선의 스님으로 당시 크게 활약하였다. 어릴 때부터 배움에 대한 욕심이 강했으며, 14세에는 장광사로 출가하였다. 이후 여러 고승들에게 가르침을 받았으며 선시와 백가에 통달하여 많은 활동을 하였다.

38

공연히 이 세상에 와서
지옥의 찌꺼기만 만들고 가네
내 뼈와 살을 숲속 산기슭에 버려
새와 짐승들의 먹이가 되게 하라

- 희언선사

空來世上　　　　　공래세상

特作地獄滓矣　　　특작지옥재의

命布骸林麓　　　　명포해림녹

以飼鳥獸　　　　　이사조수

역사학자 박노자 교수가 풀어 엮은 《모든 것을 사랑하며 간다》라는 책을 보면, 희언선사는 막노동과 같이 힘들고 고된 일을 하며 살았다고 합니다. 권위를 갖게 될까봐 늘 도망 다녔고, 혹시라도 묘를 남기면 어리석은 중생들이 그것을 우상 삼아 숭배할 것 같아 위와 같은 게송을 남기며 죽었다고 합니다. 요즘과 같이 책임은 피하면서 권위만 내세우는 사람들을 일깨우는 일화입니다.

이 시를 읽으니 중광스님의 유언 또한 생각납니다. 한 번 들으면 절대 잊을 수 없는 유언인데요. "괜히 왔다 간다." 유쾌하기도 하고 명쾌하기도 한 말씀입니다. 중광스님은 거침 없는 기행으로 종교계에서 뿐만 아니라 미술계에서조차 아웃사이로 취급 받았던 스님입니다. 스님은 늘 "나 죽거든 절대 장례식 하지 마라. 가마니에 둘둘 말아 새와 들짐승이 먹게 하라"라고 하셨다는데, 희언선사의 게송과도 일맥상통합니다.

많은 선사들은 열반에 드는 날까지도 무소유 정신을 잊지 않는 것 같습니다. 어쩌면 이생을 떠나는 순간 완전한 무소유를 완성하는 것이겠지요. 우리 또한 잊지 않았으면 합니다. 인간은 흙에서 와서 흙으로 돌아갑니다. 그리고 그 모든 것들은 자연 속에 깃들어 있습니다. 가진 것을 내려놓고 돌아가세요.

의언선사(1561~1647)

조선의 스님이다. 칠보산 운주사에서 출가해 경론(經論)을 공부하다 덕유산에 들어가 선수의 가르침을 받았다. 그는 사람들에게 맛있는 음식을 대접받아도 거절했으며, 언제나 누더기 옷을 입고 다니며 청빈한 삶을 살고자 애썼다. 후학을 지도하는 데 힘썼지만 엄격하여 오직 세 명만 거두어 가르침을 주었다.

39

뼛속에 흐르는 오대산 물에
문수의 마음 씻겨 흐르네
그대 만일 이렇게 깨닫는다면
보는 것마다 듣는 것마다 문수사리네

- 만공선사

臺山骨裡水　　　　대산골리수

洗去文殊心　　　　세거문수심

若能如是解　　　　약능여시해

頭頭文殊師　　　　두두문수사

어떤 일을 위해 열심히 노력하는 과정을 등산에 비유합니다. 어렵게 오른 정상 위에서만 느낄 수 있는 성취감, 성공한 자만이 볼 수 있는 풍경, 땀 흘린 뒤에 얻을 수 있는 보람 같은 것이 인생의 과정과 비슷하기 때문입니다.

이 시는 30세에 아산 봉곡사 새벽 범종 소리에 깨달음을 얻은 만공선사의 작품입니다. 한국 불교의 중흥조 경허선사의 제자로 그와 함께 풍전등화 위기에 처한 한국 선불교를 다시 일으켜 세우는 데 공헌하신 스님입니다.

작품 안에는 문수(文殊)가 두 번이 나옵니다. 문수는 불교에서 최고의 지혜를 상징하는 보살을 뜻합니다. 훌륭한 복덕을 지녔다는 의미도 있습니다. 문수는 부처님이 입멸하신 뒤 인도에서 태어나 반야(般若, 만물의 참다운 실상을 깨닫고 불법을 꿰뚫는 지혜 또는 온갖 분별과 망상에서 벗어나 존재의 참모습을 앎으로써 성불에 이르게 되는 마음의 작용)의 도리를 널리 떨친 분으로 전하며 항상 반야지혜의 상징으로 표현되어 왔습니다. 이 시는 우리의 인생을 등산에 비유하며, 힘겹게 오른 산에서 깨달음을 얻은 문수에 대해 이야기합니다.

우리 삶은 산을 오르는 일처럼 고되고 힘듭니다. 포기하고 싶을 때도 아주 많지요. 하지만 삶을 더 자세히 들여다보면 힘이 들 때 쉬어갈 나무가 있고, 잠시나마 입술을 축일 계곡물이 있습니다. 작은 것을 발견하는 힘, 사소한 것들에게 받는 감동을 통해 깨달음에 더 가까워지는 삶을 살았으면 좋겠습니다.

만공선사(1871~1946)

우리나라 근대의 선사이다. 일제의 불교정책에 일제강점기 당시 일본의 불교정책을 거부하며 우리의 전통불교를 지키려 한 것으로 유명하다. 제자들에게 무자화두에 전념할 것을 가르쳤다.

40

스님과 마주 앉아 바둑을 두는데
바둑판에 대 그림자 맑게 드리우고
그림자에 가려 사람은 안 보이고
바둑 두는 소리만 똑 똑

- 백락천

山僧對碁坐   산승대기좌

局上竹陰淸   국상죽음청

映竹無人見   영죽무인견

時聞下子聲   시문하자성

이 시를 쓴 백락천은 중국 당나라 중기의 유명한 시인이었습니다. 한 편의 시가 그려내는 풍경과 경지가 마치 선승이 쓴 선시 같습니다. 선시(禪詩)는 모든 형식이나 격식을 벗어나 궁극의 깨달음을 추구하는 선적(禪的) 사유(思惟)를 담고 있는 시를 말합니다. 그러니까 선승이 아니어도 누구라도 어떤 깨달음이나 선의 마음을 담은 글을 썼다면 그것도 선시입니다.

이 시를 읽는 순간 청명한 대나무 숲속과 초록그늘이 있는 한가하고 여유로운 풍경이 떠올랐습니다. 사실 이 시는 아무 설명이 필요 없습니다. 그냥 읽기만 해도 마음이 맑아집니다. 시원한 바람이 불고 고요한 그늘 위로 바둑 두는 소리만 들립니다. 절로 휴식입니다.

서산 부석사에서 살 때는 자주 뒷산과 숲속을 거닐며 산책을 하곤 했는데, 요즘은 불교신문을 만드는 소임을 맡으며 바쁘게 살다보니 자연을 접하는 기회가 적어졌습니다. 그럴 때 저는 풍경이 있는 그림을 보거나 이 시처럼 여유를 주는 시를 읽습니다. 그러다 보면 머리가 맑아지고 마음이 평화로워지곤 한답니다.

이 시도 그렇습니다. 천천히 읽어보면서 풍경을 떠올려보세요. 청명하도록 고요한 공간에서 바둑 돌 두는 소리가 '똑! 똑!' 들려오는 것을 들어보세요. 머리와 마음이 한결 맑아지고 여유로워지는 것 같지 않습니까. 이런 시와 그림을 많이 알아두었다가 복잡한 일이 생기거나 심란한 생각이 들 때, 피곤할 때 천천히 음미하며 감상해보세요. 또 하나의 새로운 명상을 터득한 셈입니다. 그러다가 한 생각 더 나아가 마음을 비우는 선시 한 편도 써보세요. 그러면 당신은 이미 자연을 끌어다가 쓸 줄 아는 사람이 된 것입니다.

백락천(772~846)
당나라 중기의 시인이다. 다섯 살 때부터 시를 쓰기 시작했다. 공부를 게을리 하지 않아 과거에 세 번이나 합격을 했으며, 40년 동안 벼슬을 하기도 했다.

41

개울물 소리가 곧 부처님 법문이니
산빛이 어찌 부처님 몸 아니겠는가
어젯밤 동림사 스님의 팔만사천 법문을
훗날 사람들에게
어떻게 얘기할 수 있을까

- 소동파

溪聲便是廣長舌　　계성변시광장설

山色豈非淸淨身　　산색기비청정신

夜來八萬四千偈　　야래팔만사천게

他日如何擧似人　　타일여하거사인

1996년 유네스코 세계문화유산 및 자연유산으로 등재된 중국의 천하절경 여산(廬山)이라는 곳이 있습니다. 오두막집이 변해 산이 되었다고 합니다. 중국의 유명한 시인이자 정치가 소동파는 이 산에 있는 절인 동림사에서 잠시 머물며 위의 시를 썼습니다. 스님은 아니지만 선(禪)에도 깊이 통달해 상총조각(常總照覺) 선사의 법을 이어받기도 했습니다. 이 시는 친구 상총선사와 밤새워 이야기를 나누다 깨우친 바 있어 지은 게송, 즉 오도송(悟道頌)입니다.

 산속의 물소리와 산 빛깔이 얼마나 아름다웠으면 이런 시가 나왔을까요. 시냇물 소리와 산 빛깔을 설법과 부처님 몸에 견주다니요. 그러니 동림사에서 밤사이 찾아온 팔만 사천 법문을 훗날 사람들에게 어찌 이야기할 수 있겠습니까.

 읽다 보면 정치가로서 소동파의 허세가 느껴지지만, 시인의 상상력과 자연친화적인 자세도 아주 잘 읽을 수 있습니다. 소동파가 여기저기 귀양을 다니면서 쓴 수많은 시들이 있는데 그중 적벽부(赤壁賦)라는 유명한 시가 있습니다. 적벽 아래로 흐르는 장강(長江)에서 뱃놀이를 하면서 쓴 적벽부는 불교의 제행무상(諸行無常)과 자연친화 사상이 잘 드러나 있는 동양의 명시로 알려져 있습니다. 문득 중국의 유명한 문인들이 오가며 수많은 시들을 남겼다는 유람경승지 여산이라는 곳에 가보고 싶다는 생각이 듭니다. 언제 함께 가보시겠습니까?

소동파(1037~1101)

중국 북송 때의 시인이다. 유가사상, 도가사상, 불가사상 등 다양한 사상을 섭렵하였고, 이는 그가 다양한 작품을 쓰는 데 큰 도움을 주었다. 그는 제과에 합격했지만, 대부분 지방관으로 일을 하였다. 또한 신법파의 모함으로 유배생활을 하기도 했다.

절이 흰 구름 가운데 있어도
구름은 스님을 쓸어가지 못하네
손님이 찾아오면 사립문은 비로소 열리고
골짜기마다 소나무 꽃가루가
우수수 떨어지네

- 이달

寺在白雲中　　　사재백운중

白雲僧不掃　　　백운승불소

客來門始開　　　객래문시개

萬壑松花老　　　만학송화로

소음과 공해로 가득 찬 요즘입니다. 아름다운 산사의 풍경이 고스란히 그려지는 시를 읽으니 마음이 정화되는 느낌입니다.

이 시를 읽으면 오랫동안 제가 머물며 가꾸던 서산 부석사의 풍경이 떠오릅니다. 많은 절들이 높은 산중에 있듯 서산 부석사도 그랬습니다. 절 마당 앞에 서 바라보면 서산 먼 앞 바다가 절보다 높이 올라와 있는 것처럼 보일 때도 있습니다.

저도 그 바닷물을 쓸지 않았습니다. 안개가 자욱한 날은 정말 절이 구름 속에 들어있는 것 같았습니다. 그 구름도 쓸지 않았습니다. 손님이 찾아오면 함께 불경처럼 바닷물 소리를 듣고 구름 속을 거닐기도 했습니다. 구름이 모든 것을 감추어 사라진 듯 했지만 절도 저도 늘 그 자리에 있었습니다. 저도 구름을 쓸지 않았고, 구름도 저를 쓸어가지 않았습니다.

저는 사람들에게 일주일에 한 번씩은 아니더라도 한 달에 한 번씩은 산중에 있는 가까운 절을 찾으라고 말합니다. 미움과 분노와 화로 가득 찬 세상입니다. 살수록 어렵고 힘들다고 말하는 세상입니다. 그래서 힐링이 필요한 시대입니다. 절에 가면 누가 가르쳐주지 않아도 저절로 편안해져서 돌아옵니다.

기와지붕 처마 끝에 매달린 풍경(風磬) 소리만 들어도 마음이 편해지고 머리가 맑아집니다. 자연 속의 고요함, 자연과 어우러진 산사와 그 속에 깃들어 사는 스님들의 소박한 삶, 그것들을 가슴에 담아와 한 달 동안 쓸지 않고 간직해보세요.

이달(1539~1618)

조선 중기의 시인이다. 서자로 태어나 특별한 직업을 가지지 않고 오직 시를 지었다. 제자로는 허균이 있다.

마
음
을

수
행
하
다

깨달음에 한 발짝 더 다가서는 방법에 대하여

43

바람 없는 연못에 물결이 쉬고
물에 비친 세상은 두 눈에 가득하네
무엇 때문에 많은 말이 필요할 건가
마주 보는 것만으로도
이미 뜻이 통하였거늘

- 진각국사

無風湛不波	무풍담불파
有像森於目	유상삼어목
何必待多言	하필대다언
相看意已足	상간의이족

많은 선인들이 자연이 주는 깨달음에 대해 이야기했습니다. 명상을 할 땐 높고 푸른 하늘을 상상하거나, 광활한 바다, 바람이 부는 평화로운 언덕을 상상하며 마음을 쉬게 하지요. 자연은 직접 보고 듣고 느끼고 만지는 것을 통해 우리를 쉬게 합니다. 자연을 머리와 가슴으로 떠올리는 것만으로도 힘이 됩니다.

이 시 속 풍경은 말 그대로 평화 그 자체입니다. 바람이 없어 물결도 일지 않는 연못은 마음에 근심이나 걱정이 없음을 뜻하지요. 그 연못을 가만히 바라보고 있으면 물에 비치는 풍경들이 보이는데요. 그 고즈넉한 풍경들이 눈에 와 닿으면 우리는 자연과 우주로 통하는 어떤 신비로운 마음의 변화를 겪게 됩니다.

통한다는 것은 말이 필요 없는 상태를 뜻하기도 합니다. 연못이라는 눈을 통해 비친 세상. 물속의 세계와 물밖의 세계는 사바세계와 극락을 연결하는 출구처럼 느껴지기도 하지요. 자연을 통해 경험할 수 있는 깨달음이기도 합니다.

연못을 바라보고 있는 고요한 그 상태가 선정(禪定)에

들어가 있는 것입니다. 마음이 평온해지는 상태. 자연을 통해 또 다른 세상을 바라보고, 마음에 쉼을 얻는 연습을 꾸준히 하시길 바랍니다. 명상을 통해 마음에 휴식을 주듯, 눈앞의 자연과 평범한 풍경들 속에서 극락을 발견할 수 있도록 마음 수행에 정진하시면 좋겠습니다.

진각국사(1178~1234)

고려시대 스님이다. 출가를 반대하던 어머니가 돌아가시면서 머리를 깎았다. 명예에 눈멀어 헐뜯고 다투는 스님들의 잘못에 경종을 울렸고, 불도의 타락을 불러오던 고려왕실의 잘못된 신앙을 타파하며 교화하는데 힘썼다.

44

깨달음은 깨닫는 것도
깨닫지 않은 것도 아니니
깨달음이 없는 것을 깨닫는 것이
깨달음을 깨닫는 것이네
깨달음을 깨닫는 것은
깨달음을 깨닫는 것이 아니니
어찌 다만 진짜 깨달음이라
말할 수 있겠는가

- 청매선사

覺非覺非覺	각비각비각
覺無覺覺覺	각무각각각
覺覺非覺覺	각각비각각
豈獨名眞覺	기독명진각

이 시에는 깨달을 각(覺)이 몇 번이나 나올까요. 이 시는 지리산 제1관문 앞에 새겨져 있는 청매선사의 '십이각시(十二覺詩)'입니다. 계속 반복되는 글자를 넣어 깨달음과 깨우침을 가지고 그 허상과 진상을 마치 말장난처럼 써내려간 재미있는 시입니다.

결국 깨달음이란 깨달음이 없는 것을 알게 되는 것이니 깨달아도 깨달음이 아니라는 것입니다. 공(空)이라는 것입니다. 오랜 수행을 하다가 어느 날 문득 깨달았다하여도 인간의 한계로 저 삼천대천세계 우주를, 공을 어떻게 다 깨닫고 또 일부를 깨달았다하여도 그것을 어찌 말로 다 설명을 할 수 있겠습니까.

그러나 청매스님처럼 참깨달음이라 일컬을 수 없을지언정 끊임없이 깨우침에 정진해야합니다.

부처님은 '왜 깨달아야 하는가'에 대해 괴로움과 괴로움의 소멸 때문이라고 말씀하셨습니다. 깨닫지 못하면 괴롭기 때문입니다. 가까운 친구가 너무 멋진 옷을 사서 입고 다니는데 형편이 안 되면서 부러워하기만 하면 괴롭습니다. 맛있는 것을 먹고 좋은 집에 살고 싶은데 그렇지 못하면 괴롭습니다. 그렇게 하기 위해서 나는 어떻게 해야하는 것일까.

친구의 옷을 뺏는다? 그것은 강도입니다. 맛있는 것을 얻어먹는다? 거지가 되는 길입니다. 헐벗는 사람들에게 옷을 사주고 음식을 사주며 '나'가 아닌 '너'를 생각하는 것. 알아가는 것. 이것이 진정한 깨달음인 것입니다. 결국 나는 어떻게 잘 살아야할 것인가의 정립입니다.

어느 날 문득 활짝 깨달음을 얻었다 해도 혹은 오랜 수행공부를 하며 수많은 경전을 외우고 배웠더라도 자신밖에 모르고 산다면 그것은 깨달은 것도 아니고 공부한 것이 아닙니다. 성경 구절에도 나오지요. 천사의 말을 하는 사람도, 심오한 진리를 깨달은 사람도 사랑이 없으면 아무 소용이 없습니다.

그런 의미에서 청매선사의 깨달음에 대한 시구가 가슴 깊게 와 닿습니다.

청매선사 (1548~1623)
조선 광해군 시대의 스님이다. 어릴 적에 출가하여 서산대사의 가르침을 받았으며, 임진왜란이 일어났을 때는 서산대사와 함께 3년 동안 왜적과 싸워 큰 업적을 남겼다.

45

홀연히 고삐 뚫을 구멍 없다는 말 듣고
문득 삼천대천세계가 내 집인 것을 알았네
유월 연암산 아랫길에
들사람 일 없는 태평가를 부르네

- 경허선사

忽聞人語無鼻孔　　홀문인어무비공

頓覺三千是我家　　돈각삼천시아가

六月燕岩山下路　　육월연암산하로

野人無事太平歌　　야인무사태평가

한국근대불교의 중흥조이자 선맥을 다시 일으켜 불교
계에 큰 영향을 미친 경허선사의 오도송입니다. 불교의
경전뿐만 아니라 노장사상에 이르기까지 다양한 동양철
학과 사상을 섭렵하신 스님은 1871년 23세에 계룡산 동
학사 강사로 추대되어 후학들을 가르쳤습니다.

스님은 콜레라로 수많은 사람들이 죽어가는 것을 보고
깨달음을 얻고자 턱밑에 송곳을 세워놓고 정진한 것으로
유명합니다. 약 일 년 동안 단 한 번도 눕지 않고 수행하
였으며 공양을 하거나 대소변을 보는 일 이외에는 일체
움직이지 않았습니다.

그러다가 아래와 같은 이야기를 듣고 큰 깨달음을 얻었
다고 합니다. 시자승의 은사인 학명 도일이 아랫마을에
내려갔다가 이 처사를 만나 잠시 다담(茶談)을 나누었던
말을 경허선사에게 전했습니다.

"중이 중노릇 잘못하면 중이 마침내 소가 됩니다."

"중이 되어 마음을 밝게 하지 못하고 다만 신도의 시주
만 받으면, 소가 되어서 그 시주의 은혜를 갚게 됩니다."

"어찌 소가 되어도 콧구멍 뚫을 곳이 없다고 이르지 않

습니까?"

'소가 콧구멍이 없다'는 말에 선사는 활연대오(豁然大悟)한 것입니다. 선사의 나이 31세였습니다. 이후 그는 천장사에서 머물며 만공, 혜월, 수월 등의 제자들을 지도하였으며, 1886년부터 서산 일대의 개심사와 부석사를 왕래하면서 후학들을 지도하고 교화활동을 하면서 선풍을 크게 떨쳤습니다.

불교에서는 우주를 삼천대천세계라고 부릅니다. 깨달음을 얻고 전우주가 내 집이라는 것을 알고 태평가를 부른 경허선사 시에 마음을 내려봅니다.

경허선사(1846~1912)

조선 말기의 스님으로 9세에 광주 청계사 계허스님에게 출가하였다. 선(禪)을 일상화하고 대중화하는데 힘썼으며, 한국 근대 불교의 중흥조이자 불교계의 선풍을 새롭게 세우는데 큰 영향을 미쳤다.

46

백척간두에 서있는 사람이여
비록 얻은 바가 있다 해도
아직 참된 것은 아니요
백척간두에서 다시
한걸음 나아갈 수 있다면
참으로 시방세계에 대자유인이 되리라

- 경잠선사

百尺竿頭座底人　　백척간두좌저인

雖然得入未爲眞　　수연득입미위진

百尺竿頭進一步　　백척간두진일보

十方刹土現金身　　시방찰토현금신

백척간두(百尺竿頭)는 백 자나 되는 높은 장대 위에 올라섰다는 말입니다. 그만큼 극도로 위태롭다는 뜻이지요. 비록 그 지경에 이르렀어도 앞으로 한 걸음 나아갈 수만 있다면 시방세계(十方世界), 즉 일체의 존재하는 공간은 물론 과거, 현재, 미래의 온 우주를 통틀어 참으로 거침이 없을 것이라는 뜻의 시입니다.

다시 말하자면 몹시 어렵고 힘들고 위태로운 경우라도 어떻게 생각하고 받아들이느냐에 따라 상황이 달라진다는 것입니다. 한 번 상상해보세요. 여러분이 길을 걷는데 앞에 낭떠러지가 있습니다. 그러면 어떻게 하시겠습니까? '이제 더는 갈 수 없구나! 끝이다!'생각하고 포기하고 왔던 길을 되돌아가실 건가요? 그렇다면 정말 모든 건 그냥 그렇게 끝나버리겠지요. 하지만 주변의 나무덩굴과 풀잎으로 밧줄을 만들어 낭떠러지를 내려가면 이야기는 달라집니다. 당신은 낭떠러지에서도 길을 만든 사람이 될 테니까요.

상황이 어렵다고 불만만 늘어놓으며 불안해하기보다는 마음의 지략과 용기를 내어 과정을 발전시키는 연습이 필요합니다. 아주 작은 생각부터 바꿔보세요. 그 작은 생각이 여러분의 삶에 큰 변화를 가져다줄 것입니다.

더 이상 아무것도 할 수 없는 꽉 막힌 상황에서 주저앉아 멈춰있지 말고 무언가를 해야 합니다. 그때 빛이 보이고 길이 열립니다.

경잠선사(?~868)
남전보원선사의 제자이다. 처음엔 장사의 녹원사에서 지내다, 나중에는 한 곳에 머무르지 않고 유랑하면서 생을 마쳤다.

47

산의 앞뒤로 달빛은 밝고
바다의 안팎으로 바람은 맑다
무엇이 진면목인가 묻는다면
하늘에 점찍은 기러기
지나는데 있다 하리

- 벽송선사

月晶山前後 월효산전후

風淸海外中 풍청해외중

問誰眞面目 문수진면목

更有點天鴻 갱유점천홍

벽송선사는 수행의 자세나 세속의 정에 얽매이지 않는 법, 법어, 공부법, 깨우침의 자세 등을 시로 써서 많은 후학들에게 가르침을 주었습니다. 그러나 이 시는 가르침보다 스스로 깨달으라 하는 내용을 담고 있습니다.

얼핏 읽기에는 선문답처럼 어렵고 모호하지만 내용은 간단합니다. '산에 비치는 달빛은 밝음으로 그 진리를 나타내고, 기러기는 날아가는 모습으로 그 자체가 설법이다. 그러니 진리 즉 세상의 참모양이 무엇이냐고 묻는다면 보이는 그대로가 진면목이다'라는 뜻입니다.

이와 관련한 재밌는 일화가 있습니다. 벽송선사는 중심선사의 가르침을 받기 위해 찾아갔다고 합니다. 그러나 중심선사는 몇 년 동안 어떤 특별한 가르침을 주지 않았고, 벽송선사는 이에 무척이나 답답해했다고 합니다. 그러다 어느 날 문득 깨달았다고 합니다. 스승이 평소에 했던 말이나 행동들 그 자체가 설법이었다는 것을요.

그 이후 벽송선사는 본질이나 실체라는 환각(幻覺 외부로부터 자극이 없는데 소리를 듣거나, 물건이 보이거나, 냄새를 맡거나, 맛이 나거나, 만져졌다고 체험하는 것)을 설정하지 않는 참선,

무생선(無生禪)을 수행하는데 힘썼다고 합니다. 본래부터 지니고 있는 그대로의 상태인 자성(自性), 모든 존재가 지니고 있는 변하지 않는 존재성을 밝히는 것이 진리이고 진면목이라고 생각했기 때문입니다. 벽송선사는 소크라테스의 '너 자신을 알라'처럼 자기반추를 통한 자각으로 스스로 깨우치라고 말합니다.

벽송선사(1464~1534)
조선 전기의 스님이다. 어릴 적부터 문무에 모두 관심이 많았던 스님은 1429년에 북방에서 침입한 여진족과 싸워 큰 공을 세웠다. 하지만 전쟁에서 얻은 명성의 허망함을 깨닫고 지리산에서 도를 닦아 불교계의 종사가 되었다.

48

도를 닦으려고 하면 닦아지지는 않고
온갖 삿된 소견만 다투어 일어나네
지혜의 칼 휘둘러 한 물건도 없게 하면
밝음이 나타나기 전에 어둠이 밝아지리

- 임제선사

若人修道道不行　　약인수도도불행

萬般邪境競頭生　　만반사경경두생

智劒出來無一物　　지검출래무일물

明頭未顯暗頭明　　명두미현암두명

수영장에 수영을 배우러 가면 실력에 따라 초급자, 중급자, 상급자로 나누어 서로 다른 레인에서 수영을 하게 됩니다. 부득이하게 세 레인으로 나누었지만 사실 실력은 천차만별입니다. 상급자 레인에서 같이 수영을 해도 실력 차이는 분명히 있습니다. 가만히 바라보고 있으면 누가 '진짜' 실력자이고, 누가 '엉터리' 실력자인지 금방 알아챌 수 있습니다. 진짜 실력자는 다른 사람들보다 조용한 수영을 합니다. 진짜 실력자는 헤엄을 칠 때 상대적으로 더 적은 물보라를 일으키고, 거칠게 숨을 쉬지도 않습니다. 물속에 있어도 물 밖에 있는 것처럼 아주 편안한 상태를 유지합니다.

수영하는 사람들의 모습을 바라보면서 도를 닦는 사람들의 모습을 떠올려봅니다. 가끔 도를 닦는다고 잘난 체하며 호들갑을 떠는 사람들을 보게 됩니다. 빈 수레가 요란한 법이지요. 가짜는 말이 많고 쉽게 변하며 야단스럽지만, 진짜는 말을 아끼고 변함이 없으며 티를 내지 않습니다. 저는 수행자들에게 임제선사의 말씀을 종종 전해줍니다. "진짜 부처님 법을 배우고 싶거든 그저 평상시와 같으면 된다. 옷 입고 밥 먹고 화장실가고 때맞춰 할 일 하면 된다. 그러다 피곤하면 누우면 된다."

선사의 말씀은 요즘 말로 '쿨하게' 느껴지기까지 합니다. 스님 말씀처럼 도는 닦는다고 해서 닦아지는 것이 아니고, 깨달음은 얻고자 해서 얻어지는 것이 아닙니다. 도를 닦는다고 요란을 떨면 떨수록 멀어지는 게 도입니다. 그런데도 다들 도를 닦는다고 야단입니다.

많은 사람들은 궁금해 할 것입니다. 도를 닦지 말라는 것인가? 도를 닦지 말라는 말이 아닙니다. 바로 도를 닦는다고 분별하고 구분 지으며 티내지 말라는 것입니다. 즉 차별을 일으키는 마음인 유위심(有爲心)을 버려야 한다는 것이지요. 여기서 가장 중요한 것은 바로 평상심입니다. 어떤 두드러진 행동이나 드러내려는 노력이 아닌 평상시와 같을 때, 그 안에서 도는 깨달아지게 마련입니다.

임제선사(?~867)

중국 당나라 때 스님이다. 출가 후 황벽에게 가르침을 받았다. 이후 중국 선종의 오가(五家)로 불리는 임제종을 만들었다. 제자들을 엄격하게 가르쳤고, 중국 불교의 특색을 가져 왔다는 평가를 받는다.

49

깨치면 부처와 같지만
다생에 스며든 버릇은 그대로 있네
바람은 쉬어도 물결은 아직 출렁이듯
이치는 드러나도
망상은 쉽게 없어지지 않네

- 보조국사

頓悟雖同佛   돈오수동불

多生習氣深   다생습기심

風停波尙湧   풍정파상용

理現念猶侵   이현염유침

불교는 깨달음의 종교라고 합니다. 정확히 무엇을 깨달아야 하는지 물어보는 분들이 참 많은데요. 깨달음이란 바로, 우주와 마음의 실상을 자각하는 일입니다.

부처님께서는 탐욕(貪欲)과 진에(瞋恚)와 우치(愚癡)를 번뇌로 정의하셨습니다. 이 세 가지 탐(貪)·진(瞋)·치(癡)가 번뇌이며, 중생을 괴롭히는 윤회의 주범이라고 말씀하셨죠. 저마다 삶이 주는 괴로움이 있는데요. 그 괴로움 안에서 온전히 내 마음을 들여다보고, 온전히 내 인생을 자각하고, 그것을 깨달으려 노력하는 것이 중요합니다.

보조국사는 완전한 깨달음의 경지에 이르기까지 반드시 점진적 수행단계가 따라야 한다는 돈오점수(頓惡漸修)를 주장한 스님입니다. 그는 '오(惡)'는 햇빛과 같이 갑자기 만법이 밝아지는 것이고, '수(修)'는 닦으면서 점차 밝아지는 것과 같다는 비유를 들면서, 만일 깨우치지 못하고 수행만 한다면 그것은 참된 수행이 아니라고 말했습니다.

반면에 돈오점수를 반박한 성철스님은 돈오돈수(頓惡頓修)를 주장했습니다. 단번에 깨쳐서 더 이상 수행할 것이 없는 구경각(究竟覺 ; 궁극적이고 완전한 지혜를 얻는 경지)에 도

달했다 할지라도 도를 더 닦아야 한다면 아직 덜 깨달은 것이라고 말했습니다.

성철스님의 주장은 오랜 수행 끝에 나온 것으로 보조국사의 돈오점수와 자주 이야기되는데요. 여기서 우리가 알 수 있는 사실은 깨달음으로 통하는 길이 결코 쉽지 않다는 것입니다. 불교의 깨달음은 수행을 통해 얻어지는 것이지만, 갑자기 얻을 수 있는 게 아니며 오래도록 자신을 들여다보며 꾸준한 수행을 해야 한다는 가르침을 줍니다. 중요한 것은 도를 닦는 스님이든, 세상을 살아가는 중생이든 깨우침에 있어서는 다르지 않다는 것입니다. 모두 오늘 하루도 깨달음으로 가는 삶을 살아갑시다.

보조국사(1158~1210)

고려 중기의 스님이다. 8세에 출가하였다. 25세에 승과에 급제했으나 출세하는 것에 회의를 느끼고 구도의 길을 떠났다. 고려 불교 현실을 몹시 탄식하며 중흥론을 제창했다.

50

백 척의 장대 끝에서 활보하며
천 길 절벽도 거침없이 거닌다
하지만 외나무다리를
건너는 것 같아서
한 순간만 어긋나도 그것으로 끝이다

\- 월봉선사

百尺竿頭能闊步　　백척간두능활보

千尋峭壁善經行　　천심초벽선경행

又如獨木橋邊過　　우여독목교변과

一念纔乖不保生　　일념재괴불보생

2016리우올림픽이 끝났지만 그 여운은 채 가시지 않고 있습니다. 4년에 한 번 열리는 대회를 위해 밤낮으로 구슬땀을 흘렸을 선수들을 생각하면 존경심을 넘어선 경외감까지 일어납니다. 저는 모든 스포츠 종목의 기본이 되는 육상 경기 보는 것을 좋아합니다. 100m 달리기는 10초도 안 되는 시간에 승부가 결정됩니다. 그래서 긴장감이 엄청납니다. 출발선에 선 선수들이나 그것을 지켜보고 있는 관중들이나 떨리는 마음은 마찬가지일 것입니다. 아마도 많은 사람들이 궁금해 할 것입니다. 출발선에 선 선수들은 과연 무슨 생각을 할까 하고 말입니다.

모두가 긴장감이 역력한 모습이지만 세상에서 가장 빠른 사나이 우사인 볼트는 조금 다른 것 같습니다. 그의 얼굴에는 미소가 떠나지 않습니다. 여유가 넘칩니다. 어떻게 그럴 수 있을까요. 한 인터뷰를 보니 우사인 볼트는 출발선에 섰을 때 많은 것을 생각하지 않는다고 합니다. 그저 '집중하자'는 생각만 한다고 합니다. 올림픽 3회 연속 3관왕을 달성해서 이제는 육상의 전설이 된 우사인 볼트의 마음가짐을 우리도 배워야 할 것 같습니다.

월봉책헌 선사의 선시를 읽고 있으면 등골이 서늘한 게 문득 아찔해집니다. 바로 그 '한 생각'이란 놈 때문이지요. 제가 위 선시를 통해 힘주어 이야기하고 싶은 것은 '일념(一念)'입니다. 일념은 한결같은 마음, 오직 한 가지 생각을 뜻하는 단어이지요. 불교에서는 무척 중요한 화두입니다. 부처님 또한 6년이라는 긴 세월 동안 일념으로 수행을 계속해 깨달음을 얻으셨기 때문입니다.

　때때로 우리네 삶 또한 아슬아슬하게 외줄타기를 하고 있는 것은 아닌지 두렵습니다. 잘 걸어가고 있지만 넘어질 듯 넘어질 듯하면서도 중심을 잡고 있는 것이 위태롭기만 합니다. 그럴 때일수록 매 순간에 집중하고 또 집중해야 합니다. 아주 사소한 순간의 선택과 결정이 중요한 일을 그르칠 수 있기 때문이지요. 아무 의심 없이 오로지 일념으로 정진하시길 바랍니다.

월봉선사(1624~?)

《월봉집》을 통해 격조 높은 선시를 많이 남겼다. 사람의 마음, 부처의 가르침, 깨달음에 대한 시구를 통해 불심을 전파했다.

51

억겁의 세월동안 꺼지지 않고
전해온 등불 심지를 돋우지 않아도
항상 길이 밝구나
비바람 거세게 몰아치는 곳에 있어도
낡은 집 구멍 난 창에 비친 그림자
스스로 맑구나

- 함월선사

歷劫傳傳無盡燈　　역겁전전무진등

不曾桃剔鎭長明　　부증도척진장명

任他雨灑兼風亂　　임타우쇄겸풍난

漏屋虛窓影自淸　　누옥허창영자청

불교에서 등불이나 석등은 불법의 진리를 밝히는 '지혜'를 상징합니다. 등불이나 초를 밝히는 행위는 어둠을 밝히는 것이기 때문에 불교의 궁극적인 목표인 깨달음에 다가간다는 의미도 함께 담고 있지요.

우리나라는 어느 사찰이든 빼놓지 않고 석등을 만들어 놓았는데요. 깜깜하게 어두운 밤을 밝히며 진리에 어두운 중생에게 '깨달음을 얻기 위한 수행'에 정진하라는 격려를 담고 있습니다. 이런 마음으로 이 시를 읽으면 '억겁을 전해오며 꺼지지 않는 등불'이 무엇을 의미하는지 짐작할 수 있을 겁니다.

또한 우리나라는 사찰이 아닌 능묘 앞에도 석등을 세워 놓는데요. 사찰에 세운 석등이 어둠을 밝히는 종교적 의미를 뜻한다면, 능묘 앞의 석등은 죽은 자의 명복을 비는 의미를 담았다고 합니다. 같은 석등이라도 세워놓은 장소에 따라 의미가 달라지는 것이지요.

함월선사의 이 시는 영원히 꺼지지 않고 이어져 내려온 불교의 진리를 말하고 있습니다. 지금까지 전해내려 오는 등불이 세상을 밝히는 광명이 아닌가 생각해봅니다. 오랜 세월동안 수많은 선승들이 수행을 이어왔고, 중생들의 깨달음을 위해 불심을 전하고 있습니다. 어떤 거친 비바람에도 꺼지지 않는 등불처럼 굳건하게 전해지면 좋겠습니다.

이 시는 마지막 절구가 절창(絶唱)입니다. 비가 새는 낡은 집의 부서진 창에 비치는 영혼의 그림자는 스스로 참 밝고 맑습니다. 그야말로 깨달음의 경지입니다. 영원히 꺼지지 않는 마음속의 등불, 그것은 화엄이 아닐까요. 그 길로 가고 싶습니다.

함월선사(1691~1770)

14세 때 도창사에서 출가하였다. 이후 지안대사의 종문의 법맥을 이었다. 스님은 평생 인욕행을 닦고 이타행을 실천해 많은 사람들의 존경을 받았다.

52

생사 해탈하는 것이 보통 일 아니니
화두를 굳게 잡고 온 마음으로
수행해야 한다
뼛속깊이 스미는 한때의 추위를
견디지 않고서야
어찌 코를 찌르는 매화꽃의
짙은 향기를 얻으리요

- 황벽선사

塵勞迥脫事非常　　진로형탈사비상

緊把繩頭做一場　　긴파승두주일장

不是一番寒徹骨　　불시일번한철골

爭得梅花撲鼻香　　쟁득매화박비향

화두를 굳게 잡고 온 마음으로 수행해야 한다는 선사의 말이 깊이 와 닿습니다. 글씨를 멋지게 쓸 수만 있다면 붓글씨로 써서 사람들에게 나누어 주고 싶습니다.

사실 살아가는 일 자체가 수행입니다. 시험공부를 하는 일, 입시를 준비하는 일, 취직시험을 준비하는 일, 밥벌이를 하는 일, 승진시험을 준비하는 일, 아이를 키우는 일. 그 모두가 수행이며 고통이고 시련입니다. 우리는 매일매일 마음을 다잡고 좀 더 나은 삶을 위해 노력하지만, 때때로 다잡은 마음이 흔들리곤 합니다. 그리고 마음에 의심이 솟아나기도 합니다. 이렇게 사는 게 맞는 건지, 제대로 된 길을 가고 있는 건지 하고 말입니다.

저는 그럴 때마다 사람들에게 이야기합니다. 심한 고통과 시련을 거친 사람들의 삶에는 향기가 있는데, 그 향기는 깊고 그윽하고 오래 멀리 간다고요. 그러니 지금까지 해왔던 것처럼 앞으로 뚜벅뚜벅 걸어가라고 응원합니다. 지금 이 순간을 잘 견디면 좋은 날이 온다고요.

문득 대추 한 알도 저절로 붉어질 리가 없다고 노래하던 장석주 시인의 〈대추 한 알〉이라는 시가 생각납니다.

성공과 행복은 저절로 이루어지는 것이 아닙니다. 수많은 도전과 좌절, 끊임없는 노력이 있어야 가능합니다. 그러니 힘들고 고생스러울 때마다 향기가 생겨나게 하는 과정이라고 생각하세요. 내가 붉게 익어가는 중이라고요.

황벽선사(생몰년 미상)

중국 당나라 후기의 스님으로 임제 의현의 스승이다. 어려서 홍주 황벽산에 들어가 스님이 되었는데, 그곳에서 생을 마쳤다. 선의 어록의 대표로 주목받았다.

53

흰 구름 오려서 누더기 깁고
푸른 물 떠다가 눈동자 삼았네
뱃속에 옥구슬이 가득 들어찼으니
온몸이 밤하늘에 별처럼 빛나네

- 서산대사

剪雲爲白衲　　　　전운위백납

割水作靑眸　　　　할수작청모

滿腹懷珠玉　　　　만복회주옥

神光射斗牛　　　　신광사두우

선시의 중흥을 일으킬 만큼 많은 선시를 남긴 서산대사의 시중 달마찬(達摩讚)이라는 시입니다. 흰 구름을 오려서 해진 누더기 승복을 깁고 푸른 물로 눈동자를 삼았다는 상상력이 참으로 신선합니다. 한국의 선시가 관조적이고 다소 염세적인 반면 서산대사의 시는 중국 선사와 흡사한 자연주의, 풍류적인 시들이 많습니다.

서산대사는 한국 선종(禪宗)의 시조격인 진각국사에 이어 조선시대에 선종을 발전시킨 스님입니다. 중국 선종의 시조가 달마였으니 서산대사가 달마를 예찬한 것은 당연했으리라 생각합니다.

중국 선종의 시조인 보리달마(菩提達磨). 그는 파란만장한 일생을 살았고 수많은 일화를 남겼습니다. 달마대사는 남인도 향지국(香至國)의 셋째 왕자로 태어나 대승불교의 스님이 되어 선(禪)에 통달하였습니다. 인도에서 바다를 건너 중국에 들어와 소림사에서 9년 동안 벽을 바라보며 면벽좌선(面壁坐禪)했습니다. 그 후 사람의 마음은 본래 청정하다는 이치를 깨달아야 한다고 역설하며, 이 선법(禪法)을 제자 혜가(慧可)에게 전수하였습니다.

그가 인도에서 중국으로 올 때 이미 100세였고 갈댓잎을 타고 양자강을 건넜다는 설화가 있습니다. 죽은 후 부활해 짚신 한 짝만 남기고 서쪽으로 떠났다는 기이한 일화들이 전해지며, 달마대사는 후세에 오며 점점 전설적인 인물로 내려오고 있습니다.

불교에서 달마는 자연계의 법칙과 인간의 질서, 곧 진리를 이르는 말입니다. 달마도는 작가는 물론 수행이 깊은 선사들이 수행의 과정으로 삼아 그리기도 하는 그림입니다. 그래서 달마도에는 신비한 힘이 담겨있다고 생각합니다. 그런 신심과 수행의 마음이 그림에 담겨 좋은 기운이 전해지기도 하겠지만, 그것을 마치 무속신앙의 부적처럼 생각해서는 안 되겠습니다.

서산대사(1620~1604)

조선 중기 스님이다. 성균관에서 공부를 했고 이후 지리산에 들어가 출가했다. 임진왜란 당시 73세의 고령에도 불구하고 승병을 모집해 왜적을 물리치는 데 큰 공을 세웠다. 조선 불교가 조계종으로 일원화하는 데 기틀을 마련했으며 유(儒)·불(佛)·도(道)는 일치한다고 주장하였다.

54

아는 것은 얕은데 이름만 높고
세상은 어지럽고 위태롭구나
어느 곳에 몸을 숨겨야할지 알 수가 없네
어촌과 주막 어디 몸을 숨길 곳
없으리오마는
다만 이름을 숨길수록
더욱 알려질까 두렵네

\- 경허선사

識淺名高世危亂   식천명고세위난

不知何處可藏身   부지하처가장신

漁村酒肆豈無處   어촌주율기무처

但恐匿名名益新   단공익명명익신

이 시를 읽고 있으니 소설가 김훈의 인터뷰 기사가 생각납니다. 한 기자가 김훈 씨에게 책을 얼마나 가지고 있느냐고 물었습니다. 그러자 김훈 씨는 "단 세 권뿐이다"라는 믿기 힘든 대답을 하였습니다. 훌륭한 작품을 많이 쓴 작가인데 어찌 책을 세 권밖에 가지고 있지 않은 것이지? 하고 저는 의아해했습니다. 그러나 기사를 조금 더 읽어보니 곧 그의 말을 이해할 수 있었습니다.

그는 책을 가지고 있지 않다고 말했지만, 그렇다고 책을 안 읽는 사람은 아니라고 말했습니다. 오히려 다른 사람들보다 조금은 더 많이 읽는다고 이야기하더군요. 다만, 책을 많이 읽는다는 것을 자랑거리로 삼고 싶지 않다고 했습니다. 책 몇 권 읽었다고, 공부 조금 했다고 똑똑함을 자랑하고 과시하는 사람들에게 부끄러움을 일깨우는 말이었습니다.

위의 시 또한 우리에게 시사하는 바가 큽니다. 한국 선불교를 중흥시킨 유명한 경허선사의 시인데요. 1899년 범어사에서 해인사로 가며 지었다고 전해집니다. 백 년이 훨씬 넘은 지금에도 우리는 이 시를 읽고 마음에 새겨야

합니다. 평생을 깨달음의 일에 매진했던 진정한 수행자였음에도 불구하고 이름이 알려질수록 고개를 숙이려는 겸허함이 때로 저를 부끄럽게 만드는 시입니다.

모두가 드러내려 하고 조금 안다고 나서서 한마디하려하는 사람들에게 내리치는 죽비와도 같은 시입니다. 이름을 숨길수록 더욱 알려질까 두렵다는 마지막 행에 은둔의 뜻을 비칩니다. 선사의 나이 61세에는 이름을 바꾸고 삼수갑산으로 종적을 감춥니다.

경허선사(1846~1912)
조선 말기의 스님으로 9세에 광주 청계사 계허스님에게 출가하였다. 선(禪)을 일상화하고 대중화하는데 힘썼으며, 한국 근대 불교의 중흥조이자 불교계의 선풍을 새롭게 세우는데 큰 영향을 미쳤다.

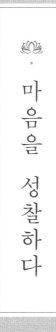

마음을 성찰하다

더 나은 세상과 삶을 위하여

55

눈 덮인 들길을 걸어갈 때
모름지기 발걸음을 어지럽게 하지 말라
오늘 남긴 나의 발자국이
뒤에 오는 사람의 이정표가 되리니

- 서산대사

踏雪野中去　　　답설야중거

不須胡亂行　　　불수호란행

今日我行跡　　　금일아행적

遂作後人程　　　수작후인정

이 시를 읽은 뒤 다음 행간으로 넘어가지 말고 잠깐 시간을 내어 뒤를 돌아보세요. 내가 걸어온 아니 살아온 뒤는 어떠한가요. 혹시 나만 앞서가려고 남을 넘어뜨리고 살지는 않았나요. 조금 더 많이 가지려고 남의 것을 빼앗거나 피해를 주지는 않았나요.

앞으로 가는 것보다 더 중요한 것이 뒤따라오는 것들입니다. 내가 살았던 시간, 만났던 사람들, 수많은 계획과 일과 사랑과 추억들, 친구들, 가족들…. 이런 것들은 모두 뒤에 있습니다. 뒷이야기가 아름다운 사람들은 앞으로 살아가는 이야기들도 아름다워집니다. 내가 걸어온 걸음들을 정리하고 다시 걸어보는 계기가 되는 시간을 가지시면 좋겠습니다.

많은 정치인들이 경영인들이 이 시를 좌우명처럼 새기고 있는 것으로 알고 있습니다. 이 시는 김구 선생이 애송한 서산대사의 시로 알려졌으나, 《가슴으로 읽는 한시》의 안대회 교수에 의하면 서산대사의 문집인 《청허집(淸虛集)》에는 실려 있지 않고, 조선시대 임연당(臨淵堂) 이양연의 《대동시선(大東詩選)》에 실려 있어 이양연의 작품이라고 말하고 있습니다.

시대가 혼란스럽고 어려울 때 이 시를 애송하며 나라 일을 하신 김구 선생의 걸음을 생각해봅니다. 후손들에게 그가 남긴 발자국은 의로웠고 따라가고 싶은 길이 되었습니다. 비단 김구 선생만이 아니더라도 우리 선가에서도 본받고 싶은 삶과 수행의 길을 가신 선승들이 참 많습니다. 그 한 사람의 걸음이 백 명 천 명 수 천 만 명의 길을 밝게 인도합니다.

이 시의 팩트는 지금의 삶입니다. 지금 걸어가는 걸음을 바르고 정직하게 가라고 말합니다. 오늘 내가 하는 일이, 내가 가고 있는 길이 훗날 누군가에게 길잡이가 될 것이기 때문입니다. 당신이 걸어온 걸음을 뒤쫓아올 자녀들. 수많은 후배들의 앞길에 남겨진 아름다운 발자국이 되십시오.

서산대사(1620~1604)

조선 중기 스님이다. 성균관에서 공부했고 이후 지리산에 들어가 출가했다. 임진왜란 당시 73세의 고령에도 불구하고 승병을 모집해 왜적을 물리치는 데 큰 공을 세웠다. 조선 불교가 조계종으로 일원화하는 데 기틀을 마련했으며 유(儒)·불(佛)·도(道)는 일치한다고 주장하였다.

56

다른 사람의 좋고 나쁜 것을
말하지 마시게
아무런 이익도 없고
단지 재앙만 불러온다네
병마개를 틀어막듯
제 입을 잘 막을 수 있다면
세상을 안전하게 살아가는
제일가는 방법일세

- 송운대사

休說人之短與長　　　휴설인지단여장

非徒無益又招殃　　　비도무익우초앙

若能守口如瓶去　　　약능수구여병거

此是安身第一方　　　차시안신제일방

영화 〈대학살의 신〉은 아이들 다툼 때문에 만난 두 쌍의 부부 이야기입니다. 대학살이라는 말 때문에 살벌하게 느껴지지만, 이 영화의 장르는 코미디입니다. 장소 이동한 번 없이 오직 집이라는 한정된 공간에서 말꼬리 잡기, 비꼬기, 시비 걸기, 말장난하기 등 유치한 말싸움의 모든 것을 보여줍니다. 그야말로 말이 난무하는 영화입니다.

'대학살'은 총이나 무기를 통해 일어나는 게 아니라, 쉴 새 없이 움직이는 '입'을 통해 일어납니다. 그 입을 통해 드러나는, 아니 조금 더 거칠고 정확히 말해 '까발려지는' 것이 있습니다. 사람의 품격입니다. 여기에서는 인간의 속물적인 근성과 가식, 허위 따위 들이 되겠네요.

실언, 허언, 망언, 폭언이 판치는 세상입니다. 하지 말아야 할 말을 해 물의를 일으킨 국회의원, 연예인, 기업인 등의 모습을 쉽게 접할 수 있습니다. 정말 안타깝고 씁쓸하기 짝이 없습니다.

불교에는 하지 말아야 할 열 가지 악한 일이 있습니다. 그중 네 가지가 '말'에 관련된 것입니다. 거짓말 하지 말 것, 교묘하게 꾸며내어 말하지 말 것, 이간질하는 말을 하지 말 것, 거칠고 독한 말을 하지 말 것. 살아가면서 거짓말이나 나쁜 말 한 번 하지 않기란 사실 쉬운 일은 아닙니다. 그러나 이 모두가 말을 아끼면 일어나지 않을 일입니다.

입으로 업을 짓지 마세요. 어리석은 말보다는 침묵이 더 값지고 아름답습니다. 명심하세요. 쏟아진 물을 되돌릴 수 없는 것처럼, 입 밖에 낸 말은 주워 담을 수 없습니다.

송운대사(1544~1610)

사명대사 유정, 조선 중기의 스님이다. 임진왜란 때 승병을 모집하여 왜군과 싸웠고, 정유재란 때 큰 공을 세웠다. 1604년 일본과 강화를 맺고 포로로 잡혀있던 조선인 3000명을 인솔해 돌아왔다.

57

몸뚱이는 내가 아니요
보고 듣고 살아온 것도 본래공이라
칼날 아래 목이 떨어진다고 해도
봄바람을 베는 것과 다를 것 없네

- 승조법사

四大原無主　　　　사대원무주

五蘊本來空　　　　오온본래공

將頭臨白刃　　　　장두임백인

猶如斬春風　　　　유여참춘풍

'마이웨이(my way)'라는 말이 있습니다. 신념을 가지고 자신의 길을 걷는다는 뜻으로 자주 쓰이는 말인데요. 요즘 사람들은 이 뜻을 더 과격하게 해석해 '남이 뭐라고 하던지 내 갈 길만 가는 사람'을 칭해 부르기도 합니다. 이 말을 긍정적으로 사용하든, 부정적으로 사용하든, 어쨌든 뜻은 하나를 가리킵니다. 바로 '신념'입니다.

사람은 저마다 마음속 신념으로 살아갑니다. 자존감이 높은 사람일수록, 자기애가 강한 사람일수록 신념 또한 강합니다. 승조법사가 마지막으로 남긴 임종게를 보며 저는 신념의 무게에 대해 새삼 고민하게 되었습니다. 이 시는 황제가 내린 벼슬을 거부해 참살당한 승조법사의 실화를 엿보게 하는 작품입니다. 목숨을 잃으면서까지 벼슬을 거부했던 자신의 신념을 초연하게 이야기하는 것이 느껴지나요?

우리나라는 신념을 높게 사는 민족입니다. 일제강점기를 겪으면서 신념에 대해 나름의 역사를 가지게 되었지요. 일제의 탄압 속에서도 우리 민족의 혼을 지키고, 독립에 대한 의지를 불태운 열사들이 '신념'을 행동으로 보여

준 예가 아닌가 싶습니다. 이처럼 지난 역사를 보면 우리 민족은 신념을 높게 사며, 신념에 강한 민족으로 그려졌는데요. 지금은 많은 현대인이 신념이 아닌 당장의 안위를 위해 살아가는 모습을 보이는듯합니다.

불의를 참으며 스스로와 타협하고, 길이 아니라도 참고 건너기 일쑤입니다. 코앞의 위기를 벗어나기 위해 신념을 버린 적은 없었는지 가슴에 손을 얹고 생각해보십시오. 우리에게 정말 필요한 것은 무엇일까요? 요즘 사람들이 말하는 '마이웨이'가 자신만 아는 이기주의가 아니라, 밝은 사회와 건강한 정신으로 향하는 '따뜻한 신념'이면 좋겠습니다.

승조법사(338~414)

장안에서 태어났다. 노자와 장자에 심취하였다가 지겸스님이 번역한 유마경을 읽고 뜻을 품어스님이 되었다. 어느 날 황제가 불러 벼슬을 주고, 나라의 기둥으로 쓰겠다 했으나 이를 거절해 어명을 어긴 죄로 처형당했다. 서른한 살이라는 이른 나이에 세상을 떠났으며, 처형 직전에 쓴 이 게송이 유명하다.

58

나라고 하는 자존심과
자만심이 무너지면 닦으려하지 않아도
도는 저절로 높아지네
자기를 능히 낮출 줄 아는 사람에게는
만 가지 복이 저절로 굴러 오리라

- 야운스님

人我山崩處   인아산붕처

無爲道自高   무위도자고

凡有下心者   범유하심자

萬福自歸依   만복자귀의

스님들 중에는 고개가 약간 앞으로 숙여져 있는 분들이 있습니다. 저는 이것을 일종의 직업병이라고 생각합니다. 시선을 내리는 수행과 사람들 앞에서 자신을 낮추는 것이 습관적으로 몸에 배어있는 분들이 많기 때문입니다. 저는 여기에서 '하심(下心)'을 봅니다. 이처럼 참된 수행의 마음을 지니려면 하심을 해야 합니다. 자신을 낮추고 다른 사람을 높이는 마음이 있어야 합니다. 불교에서는 마음을 아래로 내리는 하심이 수행의 첫 걸음이고, 수행자의 가장 중요한 덕목이기도 합니다.

영어로 '이해'를 뜻하는 'Understand'는 'Under(아래)'에 'stand(서있다)'로 이루어져 있습니다. 이건 아마 상대보다 자신을 낮추는 마음을 가질 때에야 진정으로 상대를 이해할 수 있다는 뜻이 아닐까 생각합니다.

인도에서는 누군가를 만나면 두 손을 합장하며 "나마스떼(Namaste)"라고 인사합니다. 나마스떼의 뜻은 '나는 당신을 믿고 존중합니다' '당신 안에 머무는 신에게 경의를 표합니다'는 뜻입니다. 만나자마자 당신에게 경의를 표하고 당신의 신에게 절을 하며 당신 속으로 들어간다는 것이지요. 이런 마음에는 차별이 존재할 수 없습니다.

나와 남을 차별하지 맙시다. 항상 겸허합시다. 알수록 낮추어야 합니다. 그것은 결국 인품, 품격을 말해주기 때문입니다. 우주는 간절히 원하는 사람만 돕는 것이 아닙니다. 먼저 하세요, 먼저 가세요, 먼저 가지세요, 하며 양보하는 사람도 보살핍니다. '버리면 얻는다'라는 말처럼 나누어 주면 돌아옵니다. 그것이 나와 남을 차별하지 않고, 스스로를 낮출 줄 아는 자에게 돌아오는 복입니다.

야운스님(생몰년 미상)

고려 충렬왕 때 스님이다. 행적이 자세히 알려진 바가 없으나, 나옹선사의 대표적인 제자로 많은 가르침과 큰 사랑을 받았다고 전해진다.

59

고요한 바다에 삼라만상이 비칠 때
비추는 낱낱세계 부처님 큰 도량이네
나는 두루 교학을 전하기에 바쁘고
그대 또한 좌선에 매진하기에 바쁘다
바르게 알고 나면 두 가지 다 아름답지만
감정에 매달리면 한꺼번에 망가진다
원만히 융합하면
무엇을 취하고 버릴 것인가
법계가 온통 다 내 고향인 것을

- 대각국사

海印森羅處   해인삼라처

塵塵大道場   진진대도량

我方傳敎急   아방전교급

君且坐禪忙   군차좌선망

得意應雙美   득의응쌍미

隨情卽兩傷   수정즉양상

圓融何取舍   원융하취사

法界最吾鄕   법계최오향

사람 인(人)에는 사람은 서로 기대어야 살아갈 수 있다는 뜻이 담겨있습니다. 허나 어찌 사람뿐이겠습니까. 있고 없고, 가득하고 텅 비고, 진실되고 속된 모든 것들 또한 그러합니다. 전혀 다른 것만 같아도 우리는 서로가 있어야만 비로소 의미가 있습니다.

상대가 있어야만 비로소 존재합니다. 든 자리가 있어야 난 자리도 알아챌 수 있는 법이니까요. 가득해야 텅 비워낼 수도 있으니까요. 그러니 닮은 구석이라고는 하나도 없는 이들 둘은 결국 하나인 것입니다.

하지만 서로 다른 둘이 하나가 되는 일이 어찌 쉽기만 하겠습니까. 너무 다르면 서로 싫어하고, 외면하고, 급기야 헤어지는 것이 세상일인 것을요. 중요한 것은 진실한 뜻입니다. 진실한 뜻이 담겨있어야만 서로 다른 둘은 하나가 될 수 있습니다. 서로가 서로를 빛나게 할 수 있습니다. 그리해 모두가 아름다울 수 있습니다.

이 세상을 좀 더 살 만한 곳으로 만드는 일은 멀리에 있지 않습니다. 주변이 어둡다 싶으면 내가 촛불 두어 개 더 켜면 되는 것입니다. 마음에 미움이 자라난다 싶으면 사랑하는 마음에 좀 더 물을 주면 되는 것입니다. 배가 좀 든든하다 싶으면 허기진 누군가에게 따뜻한 밥 한 그릇 내어 주면 되는 것입니다. 사랑하고 미워하고, 웃고 울고, 너무나도 다른 당신과 나도 결국 하나입니다. 세상에서 가장 아름다운 하나입니다.

이 시는 천태종을 주창한 대각국사가 선종(禪宗)에 속한 스님에게 선종과 교종의 통합을 권하는 시입니다. 두 교파가 모두 부처님의 참뜻을 깨우쳐서 통합되면 둘다 좋지만 정에 매여 대립하면 양쪽이 모두 잃는다는 이야깁니다. 불교적 깨우침은 모두 이르고자 하는 고향이니 다툴 것이 없다는 말입니다.

선종과 교종의 통합뿐만 아니라 사람과 사람 사이의 합이 이루어지는 삶이었으면 좋겠습니다.

대각국사(1055~1101)

고려 문종의 넷째 아들이다. 11살에 출가하여 영통사의 난원(爛圓)에게서 가르침을 받았다. 13살에 왕으로부터 우세(祐世)라는 호와 승통의 직함을 받았다. 선교일치(禪敎一致)를 설파하고 고려 천태종을 개창하여 원효의 중심사상을 이어 고려불교를 융합하는 데 힘썼다.

60

부끄럽게도 한평생
입으로만 나불거리다
마침내 알고 보니
백억 마디 말조차 넘어섰구나
말하는 것도 말 없는 것도
모두 옳지 않으니
청하건대 여러분 모름지기
스스로 깨달으시라

- 일선선사

平生慚愧口喃喃　　　평생참괴구남남

末後了然超百億　　　말후요연초백억

有言無言俱不是　　　유언무언구불시

伏請諸人須自覺　　　복청제인수자각

말! 말! 말! 말이 넘쳐나는 세상입니다. 그 말들은 모두 어디서 어떻게 생겨나고 어디로 가는 것일까요? 살아가는 동안 우리는 얼마나 많은 말을 할까요? 이 시는 실천은 하지 않고 말로만 나불거리는 사람들에게 일침을 주고 있습니다.

사람은 누구나 말을 조심해야 합니다. 보이지는 않지만 말에는 엄청난 에너지가 있기 때문입니다. 그래서 방송인, 선생님, 정치인, 교수님, 스님, 목사님 등 같이 누군가에게 큰 영향을 미칠 수 있는 자리에 있는 분들은 더욱 말을 조심해야 합니다.

그렇다면 무조건 말을 하지 않는 게 상책일까요? 말을 하지 않는 것이 옳은 것은 아닙니다. 하지 말아야 할 말을 내뱉는 것도 잘못이지만, 반드시 해야 할 말을 하지 않는 것도 잘못이기 때문입니다. 문제가 있는데도 못 본 척 그냥 넘어가거나, 분명 그릇된 일인데 알면서도 넘어가는 경우는 더 큰 문제를 초래할 수 있습니다. 우리는 말을 해야 할 때와 하지 말아야 할 때를 가릴 줄 알아야 합니다.

잠들기 전, 오늘 하루 나는 얼마나 많은 말을 했을까.

그 말이 꼭 필요했을까. 침묵해도 되지 않았을까. 혹은 마땅히 해야 할 말인데 하지 않은 건 아닌가. 내일 만나는 사람에게 이 말은 꼭 필요하지 않을까. 한 번쯤 생각해보시길 바랍니다.

일선선사(1533~1608)

조선 중기의 스님이다. 15세에 출가하였고, 선운에게 법화경을 배웠다. 임진왜란에 스님들이 의승군으로 참여하는 것을 보며 불교의 장래를 걱정하며 개탄했다. 선사는 승려는 승려로서의 모습으로 본분과 책임을 다할 것을 역설하기도 했다.

61

내가 말한 모든 법은
다 군더더기니
오늘 하루를 묻는가
달이 일천 강에 비치리

- 효봉선사

吾說一切法   오설일체법

都是早駢拇   도시조병무

若問今日事   약문금일사

月印於千江   월인어천강

많은 사람들이 몸에 붙은 군더더기를 빼려고 여간 애쓰는 것이 아닙니다. 바쁜 와중에도 짬을 내어 운동을 하고 이것저것 꼼꼼히 따져가며 식이도 조절합니다. 하지만 자신의 입에서 나가는 말에 붙은 군더더기를 빼려고 노력하는 사람은 그다지 많지 않습니다.

마음에 있는 말들을 쏟아내고 나면 한결 홀가분해질 것 같았지만, 왠지 모두 쏟아내고 나면 가슴이 더 무거울 때가 있습니다. 말이 떨어지기가 무섭게 허둥지둥 주워 담고 싶어질 때가 있습니다. 이것이 바로 내가 뱉어낸 군더더기 말들입니다. 허나 입 밖으로 내놓기 전까지는 그것이 군더더기 말인지 꼭 필요한 말인지 깨닫기가 쉽지 않습니다. 그러니 입을 열기 전, 한 번 더 생각하는 수밖에요. 부질없는 욕심을 담은 말은 아닌지, 괜한 핑계를 대는 말은 아닌지, 미움을 가득 담은 말은 아닌지, 그래서 누군가의 마음을 아프게 하는 말은 아닌지 말입니다.

과연 우리는 말 속에 얼마나 많은 것들을 담을 수 있을까요. 내가 생각하는 모든 것을 말에 담는 것이 가능하기는 할까요? 물론 언제 어디서나 입을 꼭 다물고 아무 말도 않는 것이 능사는 아닙니다. 아무 말도 않는다는 것은 결국 아무런 책임도 지지 않겠다는 뜻이기도 하니까요. 꼭 필요한 순간, 우리는 용기 내어 말해야 합니다. 그렇게 이 세상과 소통해야 합니다.

돌아보면 나에게 진정으로 위로가 된 것은 의미 없는 말보다 따뜻한 눈빛이었고, 다정한 손길이었고, 환한 미소였습니다. 누군가를 원망하지 않고, 애태우지 않고, 하소연하지 않고 그저 흘러가는 대로 내버려두었더니 시간이 해결해 준 일도 많습니다. 오늘도 말없이 흘러가는 이 시간이 얼마나 고마운지 모릅니다. 그러니 누군가 나에게 길고 긴 오늘 하루 무슨 일이 있었느냐고 묻는다면, 나는 그저 말없이 흐르는 고요한 강물 위에 환하게 비치는 달빛을 가만히 바라보렵니다.

효봉선사(1888~1966)

일본 와세다 대학교에서 법학을 공부했다. 졸업 후 한국으로 돌아와 우리나라 최초의 판사로 일했다. 1923년 한 피고인에게 사형선고를 내린 후 깊은 회의에 빠졌고, 몇 년 뒤 금강산 신계사 보운암에서 출가했다. 후학 양성에 힘쓰며 우리나라 불교계 발전에 큰 역할을 했다.

62

매화는 일생을 추위에 떨어도
향기를 팔지 않고
오동나무는 천년을 지나도
항상 그 곡조를 품는다
달은 천 번을 이지러져도
그 본바탕이 변하지 않고
버들가지는 백 번을 꺾여도
다시 새 가지가 돋는다

- 신흠

梅一生寒不賣香　　　매일생한불매향

桐千年老恒藏曲　　　동천년노항장곡

月到千虧餘本質　　　월도천휴여본질

柳莖百別又新枝　　　유경백별우신지

이 시는 드라마, 소설, 교훈, 가훈 등 기개와 지조를 필요로 하는 곳에 자주 인용됩니다. 조선시대 4대 문장가로 꼽히는 신흠이라는 분이 쓴 시인데요. 선승이 쓴 시는 아니지만 제가 좋아하는 시라 이 선시집에 함께 엮습니다.

쉽게 마음을 바꾸고 실리와 이득에 따라 말을 손바닥 뒤집듯 번복하는 요즘입니다. 특히 정치가 그렇습니다. 상황에 따라 태도가 달라지니 국민이 정치인을 신뢰하기 어려운 게 현실입니다. 사랑도 마찬가지입니다. 우리나라가 아시아권에서 이혼율 1위라고 합니다. 춥게 살아도 사랑은 바뀌지 말아야 합니다. 서로가 지켜주어야 합니다. 흔히들 결혼을 하면 '백년가약'을 맺는 것이라고 말합니다. 백 년 동안 함께 하자는 것은 평생을 함께 할 것을 맺는 약속이란 뜻이겠지요. 그럼에도 죽도록 좋아하다가, 너무 쉽게 실망하고, 정말 쉽게 헤어지곤 합니다.

물건도 그렇습니다. 잘 쓰다가도 쉽게 버리고 쉽게 바꿉니다. 프란치스코 교황은 자본주의 시대를 '탐욕적 소비주의'라며 비판하며, '쓰고 버리는 문화'가 요즘 사회에서 가장 큰 문제라고 말하기도 했습니다. 그렇습니다. 무엇이든 쉽게 소비해버리는 시대입니다. 오래된 음식점, 오래된 골목길, 오래된 집, 오래되어 한결같은 그런 정겨운 건물들과 거리들도 계속 사라지고 있습니다. 프랑스에서는 역사가 있는 오래된 건물과 거리들의 개발을 법적으로 제한하고, 또한 옛것을 보존하기 위한 다양한 기금을 지원해준다고 합니다. 우리가 닮아야 할 문화인 것 같습니다. 자고 일어나면 어느새 바뀌어 있는 풍경과 사람들을 바라보며 이 시를 읽어봅니다.

신흠(1566 –1628)

조선 중기의 대표적인 문신이다. 한문학 작가이기도 하고 시조 작가이기도 하다. 문장력이 뛰어나 나라의 각종 공식 문서를 정리하고 제작하는 데 참여하기도 했다.

63

뜬구름 같은 인생
참으로 빠르게 흘러가네
얻거나 잃고 슬프고 기뻤던 일
생각해서 무엇하리
귀함이나 천함이나
현명하거나 어리석거나
마침내는 똑같이
한 무더기 흙으로 돌아가네

\- 원감국사

浮生正似隙中駒　　　부생정사극중구

得喪悲歡何足數　　　득상비환하족수

君看貴賤與賢愚　　　군간귀천여현우

畢竟同成一丘土　　　필경동성일구토

한때 청년들 사이에서 '이민계'라는 말이 유행이었습니다. 많은 청년들이 한국을 떠나기 위해 준비를 하며 계를 드는 것이었습니다. 특이한 점은 기존 이민 시장에서 강세였던 미국이나 호주, 캐나다가 아닌 북유럽으로의 이민이었습니다. 저는 사회 초년생 때부터 계를 들고 이민 스터디를 한다는 것에 적잖이 충격을 받았습니다. 그리고 깊은 고민에 빠졌습니다. 청년들을 떠나게 하는 것에 대한 기성세대로서의 죄책감과 부끄러움 때문이었습니다.

저는 청년들이 떠나는 가장 큰 이유 중 하나가 '낮은 삶의 질'이라고 생각했습니다. 그러니 삶의 질 지수가 높은 편에 속하는 북유럽에서의 삶을 꿈꾸는 것이겠지요. 사실 한국사회는 광복 이후 급격한 변동을 겪으며 비약적인 발전을 해왔습니다. 누군가는 압축성장이라고 말하더군요. 정말 무서운 속도로 성장을 했으니 맞는 말인 것 같습니다. 그러나 그만큼 후유증도 큽니다. 너무나 빨리 성장한 데 대한 대가인 걸까요. 많은 노동 시간에 비해 턱없이 모자란 휴식 시간, 뿌리 깊이 박혀있는 지역갈등, 점점 더 벌어지고 있는 세대 간 간극…. 너무 냉정하고 비관적인 것 같지만 사실이 그렇습니다. 저에게 고민을 털어놓고 답을 구하고자 찾아오는 많은 대학생과 청년들의 이야기도 다르지 않거든요.

저는 이럴 때 원감선사의 선시를 떠올립니다. 우리네 인생은 무척 빠르게 지나갑니다. 사실 지나고 보면 별일 아닌데 무엇을 위해 이렇게 아등바등 살아가고 있나 하는 마음이 듭니다. 더 많은 것을 갖기 위해, 더 높은 곳에 올라가기 위해 경주마처럼 앞만 보고 달려가지만 그것은 좋은 인생이 아닙니다. 우리는 잠시 이 세상에 와 육신을, 이름을, 돈을, 그 어떤 것이든 빌려 쓰고 가는 것이기 때문입니다. 그래서 저는 진심으로 바랍니다. 너무 애쓰고 아등바등하지 않아도 되는 사회이기를. 누군가를 밟고 올라서야 하는 경쟁이 아니라 함께 살아가는 상생이 넘쳐나기를. 그리고 꼭 그런 마음가짐을 가지고 살아갈 수 있기를.

원감국사(1226~1293)

9세에 공부를 시작하였고, 19세에 장원급제를 하였다. 28세에는 선원사의 원오국사의 가르침 아래 스님이 되었다. 불교의 삼장(三藏)과 사림(詞林)에 이해가 깊었고, 무념무사(無念無事)를 으뜸으로 삼았다. 뛰어난 문장가로 많은 작품을 남겼으며, 61세에 원오국사 뒤를 이어 수선사의 6세 법주가 되었다.

64

하늘은 이불로 땅은 깔개로
산은 베개로 삼아 누워보니
달은 촛불이고 구름은 병풍이며
바다는 술그릇이네
크게 취해 문득 일어나 춤을 추는데
긴소매가 곤륜산에 걸릴까
마음 쓰이네

- 진묵대사

天衾地席山爲枕   천금지석산위침

月燭雲屛海作樽   월촉운병해작준

大醉遽然仍起舞   대취거연잉기무

却嫌長袖掛崑崙   각혐장수괘곤륜

조선 중기의 고승 진묵대사의 이 시를 읽어보면 마치 세상을 다 가진 듯합니다. 자유자재 그야말로 깨달음의 경지입니다. 하늘을 이불로 삼고 산을 베개로 삼고 바다를 술통으로 삼아 놀며 춤을 춘다는 거침없고 자유로운 상상력이 스님의 호탕함을 말해줍니다. 깨달음의 경지는 우주보다 크다는 것을 알려주기도 하는 시입니다.

실제로 스님은 곡차*도 무척 좋아하셨고 직접 빚기까지 하셨다고 전합니다. 진묵대사는 모악산에 있는 수왕사에서 참선수행을 하면서 기압에 의해 발생하는 병과 혈액순환 장애를 앓았는데요. 이를 치유하기 위해 수왕사 주변의 약초와 꽃을 재료로 사용해 곡차를 빚어 조금씩 마셨다는 이야기가 전해집니다.

이 시를 읽고 사람들이 배웠으면 하는 것은 삶에 너무 아등바등하지 말자는 것입니다. 조그만 일에도 상처받고 걱정하고 잠 못 이루는 일들이 참 많습니다. 훌훌 털어버려야 하는데 그렇지 못합니다. 자꾸만 소심한 사람이 되어

---

* 곡차 : 곡식으로 만든 차라는 뜻.

갑니다. 그럴 때 이 시를 외워보세요. 그리고 진묵스님의 마음처럼 한 바탕 춤을 추세요.

곤륜산은 중국의 전설 속에 나오는 큰 산으로 하늘에 닿을 만큼 높고 보옥(寶玉)이 나는 명산으로 전해집니다.

진묵대사(1562~1633)

조선 중기의 스님이다. 7세에 출가하였고, 불경을 공부하는 데 천재적 재능이 있었다. 또한 곡차를 잘 마시고 신통과 무애행으로 유명하다. 당시 사람들이 석가모니불의 화신(化身)이라고 믿었다고 한다.

마음 활짝

copyright© 2016 주경

글 주경

1판 1쇄 인쇄 2016년 11월 2일
1판 1쇄 발행 2016년 11월 14일

발행인 신혜경
발행처 마음의숲

대표 권대웅
편집 송희영, 김보람
디자인 고광표
마케팅 노근수, 황환정

출판등록 2006년 8월 1일(105 - 91 - 03955)
주소 서울시 마포구 동교로 144 - 13(서교동 463 - 32, 2층)
전화 (02) 322-3164~5 | **팩스** (02) 322-3166 | **페이스북** facebook.com/maumsup
ISBN 979 -11 -87119 -83 -8 (03810)

마음의숲에서 단행본 원고를 기다립니다.
따뜻하고 생동감 넘치는 여러분의 글을 maumsup@naver.com으로 보내주세요

이 도서의 국립중앙도서관 출판시도서목록(CIP)은 e-CIP홈페이지(http://www.nl.go.kr/ecip)와
국가자료공동목록시스템(http://www.nl.go.kr/kolisnet)에서 이용하실 수 있습니다.
(CIP제어번호: CIP2016025717)